魚《いお》 神《がみ》

千早 茜

集英社文庫

魚神

io gami

この島の人間は皆、夢を見ない。

島の中ほどにある小さな山の上に朽ちかけた祠《ほこら》があり、そこに棲《す》む獏《ばく》が夢を喰《く》ってしまうのだ。島に住む人々の心は虚《うつ》ろで、その夢はあまりに貧しいため獏はいつも飢えていて、島の灯《あか》りに惹《ひ》かれ訪れた客人の束《つか》の間《ま》の惰眠ですら、その餌食《えじき》になってしまう。

でも、私は知っている。獏などいないことを。

そのせいかはわからないけれど、私は月に一度、夢を見る。

月に一度、私の身体が水で満たされる時、私の意識は夢の浅瀬をたらたらと彷徨《さまよ》うことができる。遊女の勤めの休みをもらい、じっとりと重い身体を引きずり床に就く。数日は水ばかりしか口にしない。やがて、全身が水の膜で覆われたようになり、外界の音や空気の流れ、人の声音に潜む感情の起伏といった全ての波動が感じられるようになってくる。下腹部で疼《うず》いている痛みも、血の流れが刻む小さな音に同化していく。全身がわんわんと響きだし、全てに繋《つな》がる大きな流れに溶け込んでいく。

そのまま、私は魚になってうっとりと流されていく。

そこで、夢に見ることはいつも同じだ。

私を運ぶ流れが、ある場所へ私を届けてくれることをいつも知らず知らず願っている。

その願望は血の一粒一粒に宿り、私の身体のすみずみに絶え間なく注ぎ続けられていることを毎月毎月思い知らされる。そのときに。

だけど、まだ辿《たど》り着けたことはない。

そうして、また私の身体は乾きを取り戻し、夢を失う。


物心ついた時、私はもうすでにこの島にいて、以来、一度も出たことはない。

ヘドロの臭《にお》いに満ち溢《あふ》れたこの島が私の世界であり、この島の掟《おきて》を受け入れる以外に生きる道などなかった。

もとより、生きることを望んで生まれたわけもなく、受け入れようと涙を呑《の》んだわけでもなく、私はただ気がつけばすでに存在しており、同時に全ての状況を呑み込んでしまっていただけのことだった。

何も考えず、何も望まず、何も感じてはいなかった。それらの方法を知らなかった。

傍らには私とそっくり同じ人形のような空っぽの男の子がいた。

彼の名はスケキヨといった。

しかし、それも彼が名乗ったわけではなく、気がつけば私がそう呼んでいた。

彼は私を白亜《はくあ》と呼んだ。

かたちある感情をほとんど持たなかった私達は、互いの名を呼び合うことで自分自身が存在することを見出《みいだ》した。私はスケキヨという単語の中に、スケキヨは白亜という単語の中に、怒りや驚き、哀《かな》しみ、喜び、日々獲得していくありとあらゆる想いを込めて互いの名前を呼び合った。呪文《じゅもん》のように。それは私達にとって全ての意味と可能性のつまった単語だった。そして、私達にしか解《わか》らない言葉だった。

婆《ばば》はそんな私達を仲の良い姉弟と、皮肉っぽく笑いながら言った。笑う度、婆の口からは隙間《すきま》だらけの黒ずんだ歯が覗《のぞ》いた。婆は捨てられていた私達を拾った人だった。

私にもスケキヨにも、捨てられた記憶も拾われた記憶もなかった。生まれた記憶がないのと同じように。

この島には昔、政府によって造られた一大遊廓《ゆうかく》があったそうだ。だが、様々な公害や人害に晒《さら》され、今やすっかりさびれてしまい、本土からも見捨てられていた。水路沿いに軒を連ねる遊女屋街と生ぬるく臭い水にぬめぬめと潜む魚を網にかける漁ぐらいしか収入源のない島だった。わけあって本土に居ることができなくなった人間や売春宿を利用する客人が渡し舟に乗り、本土と島を行き来するぐらいしか動きらしい動きは永遠になさそうであった。そして、この島でうっかり身籠《みごも》ってしまう娼婦《しょうふ》など腐る程居《お》り、私達のように捨てられる子供などたいして珍しくもなかった。

捨てられた大抵の子供は遊女屋に拾われ、娼婦の世話や家事手伝いなどをさせられながら養ってもらっていた。そして、成長したら女は娼婦に、男は妓夫《ぎゅう》か島の自治組織に入り、島のために働かされた。

私達を拾った婆は定食屋をやるかたわら、客人に遊女屋を斡旋《あっせん》したりして小銭を稼いで暮らしていた。私達をすぐに売り飛ばさなかったのは、決して優しさや良心からではなく、単に私達の容貌《ようぼう》が整っていたので、大きくなって上玉にしたてて から高く売り飛ばそうとの魂胆からだった。

しかし、婆はお金には汚いがさほど悪い人間ではなかったし、むやみやたらに人を苛《いじ》めるほどの活力も若さも余裕もなかったので、私達の境遇はそれほど悪いものではなかった。だが、婆は私達を商品としてしか見なかった。そこに心の触れ合いというものはなく、私達は他人との関《かか》わり方を学ぶことなく育った。婆の名前さえ私達は知らなかった。婆は最初からどこからどう見ても婆であったし、客も皆「婆《ばあ》さん」と呼んでいた。それ以上親しくなる必要はなかった。

スケキヨが真実の弟かどうか知る術《すべ》もなかったが、婆曰《いわ》く私達を拾った時、私達はぴったりと寄り添っており、私が自分の名とスケキヨの名を口にしたそうだ。僅《わず》かに私のほうが身体が大きかったので、姉弟だと思ったと言っていた。その当時の記憶は全くないが、私の一番古い記憶はスケキヨのすべすべした陶器のような肌の感触であり、その感触は未《いま》だに色褪《いろあ》せることなく私の中にある。

私はスケキヨの目の中に自分を見つけ、スケキヨに名を呼ばれて自分を知り、スケキヨに触れられることで、自分が確かな実体を持って存在していることを発見したのだった。

私というものをこの世に生み出したのはスケキヨだった。

スケキヨとて同じだろう。

もし、スケキヨが異性ではなく周りからの扱いに差がなかったならば、私達は言葉を覚えることもなかったのではないかと思ったりする。それくらい、私達は鏡のように近かった。成長するにつれ、やっと互いが違う人間だと気付き、少しずつ、少しずつ私達は言葉を交わすようになった。そうしてやっと感情というものを知っていった。

そんな風にして私達は育った。

今にして思うと、スケキヨは残酷な部分を持つ子供だった。

男の子なんて皆多かれ少なかれ残酷なものだよ、と同じ店の女達は言うが、スケキヨの残酷さは他の子供達と違ったものだった。

子供の持つ残酷さは無知、無邪気さ故と考えられることが多いような気がするが、スケキヨのそれは冴《さ》えきった意識的なものだった気がする。その残酷さには方向性があり、明確な意図や興味があった。彼の表現方法と呼んでも良いくらいの。

島には私達の他にも子供はたくさんいたが、私達は背伸びをしなくても流しで炊事が出来るくらい大きくなっても、友達が出来ることはなかった。遊女屋で使い走りをさせられている子供達はおどおどびくびくしていて、いつも大人の目ばかりを気にしていた。近所の漁師や食堂や宿の子供達は、私達にとってはあまりにも粗野で乱暴すぎた。

婆はある時期を過ぎてからは、私の昼間の外出や力仕事を禁じた。婆は私の白い肌が日に曝《さら》されたり、外遊びによって傷がついたりして、値段が下がることを恐れたようだ。最低限の読み書きや作法を習ってしまうと、私には他にすべきことがなくなってしまった。

最初、私は店の手伝いなどをしていたが、店の客は私の姿を見ると「へえ」とか「ああ、これか」などとつぶやき、私の身体をじろじろと眺め回した。そして、粘着質な笑いを浮かべたり、卑猥《ひわい》な冗談を言ったりするのだった。私はそれが不快で、そのうち、二階の自分の部屋に籠り、日がな一日ぼんやりして過ごすようになってしまった。幸い、私はぼんやりすることが得意だった。店にくる人々の声や食器の音、道を行き交う喧騒《けんそう》、そんな物音に溶け込みながらゆっくりと夕闇《ゆうやみ》に染まっていく。スケキヨが一日の仕事を終えて階段を上ってくるまで、私の意識は空気中に散らばったままでいられた。退屈することもなく。

しかし、たまに外に出ると、人々の騒がしさにくらくらした。あまりにも多くの音や匂《にお》いが一度に押し寄せてきて、私にはとても対応出来そうもなかったのだ。頭のまとまりを欠いて立ち尽くす私を、近所の子供達は囃《はや》したてた。その騒々しい言葉のひとつひとつも私には聞き取ることが出来なくて、ただ陰湿であけすけな汚らしい気配がどっと押し寄せる感触の中で、いつも私はべとべとした嫌な汗をかきながらうずくまってしまう。

スケキヨは男の子だったので、買出しや出前など外に出る仕事や力仕事などをさせられていた。彼の身体は私と同じくらいの大きさしかなかったのに。私はそれがひどく心配だった。私にとって外の世界は凶暴なもので満ち溢れた場所だった。そこに一人で出て行くスケキヨの小さな背中は、あまりにも弱々しく見えた。女の子のように細く白い腕や脚も。

それでもスケキヨは文句も言わず、いつも黙々と婆の言葉に従って働いていた。彼は無口な子供だった。私も無口な子供だったが、私が何も言わないのと彼が何も言わないのとでは空気の重さが違った。スケキヨの沈黙にはどことなく凄《すご》みのようなものがあった。私のぼんやりとは違うものが。また、黙っていても、スケキヨの大きな深い目はいろいろなことを如実に物語った。

初めて婆に「これからはスケキヨ、お前が外の仕事をおし。白亜は日の出ているうちは中にいなきゃならないよ」と言われた時、私は離れて過ごすことに激しく狼狽《ろうばい》した。安眠している時にいきなり布団を剝《は》がされたように。

「スケキヨ」

慌ててスケキヨの姿を求めると、彼は「わかった」というように軽く顎《あご》を揺らして婆の方を見た。了承を見て取ると、婆はそれ以上何も言わなかった。スケキヨは、ゆっくり私の方を向いた。

平気だよ、とその目は言っていた。決して離れたりしないし、忘れたりしないよ。何があっても全て白亜に話してあげる、心配しないで。

言葉のかたちがなぞれるくらいにスケキヨの目はそう語っていた。肩から力が抜け、私は手を伸ばしてスケキヨの頰《ほお》に触れる。確かめるように。スケキヨがゆっくりと微笑《ほほえ》んだ。他のものがぐんと遠のき、ぼやけていく。私達にはそれで充分だった。

しかし、スケキヨは外に行く度に生傷を作ってきた。彼の整った顔立ちや肌の白さが、島の男の子達にとっては格好の標的のようだった。しかも、スケキヨは身体も小さかったので勝ち目はなかった。

夜になると私はスケキヨの傷を洗い、手当てをしながらぐずぐずと泣いた。昔から、スケキヨはどんなに苛められても惨《みじ》めな目に遭っても、決して泣かなかったし、ささくれたりも自分を卑下したりもしなかった。こんなこと何でもないことなのだと、涼やかな顔をしていた。私は自分がこんな目に遭ったら、どんなに情けない気分になっただろうと思い、気分が沈んだ。スケキヨはそんな私をいたわるように覗き込み、「ありがとう」と言った。スケキヨはどんな時も明らかな言葉を使う。それから、その日漁港で見かけた珍しい魚の話をしてくれたり、出前に行った店の娼婦がくれた菓子を分けてくれたりした。

「ねえ、月を見に行こうよ」

彼は婆が床に就き、通りが寝静まった頃によく私をそっと起こした。私達は笑いを噛《か》み殺しながら、足音を忍ばせて窓から二階の物干し場に出て、寄りかかるようにして建っている隣の家の屋根によじ登る。延々と連なる屋根を見渡して、遮るものなど何も無い闇の中に私達は立つ。

スケキヨは月の冴えわたる音が眠っていても聴こえるという。彼に誘われて出ると、月は必ず凛《りん》と冴えて私達を待っていた。

「今夜も形が違う」

「今日の月は？」

スケキヨはいつも月の形に名前をつけていた。月を真《ま》っ直《す》ぐ見て、スケキヨは考え込む。夜の湿度を帯びた空気の中にほんわりとスケキヨの寝床の匂いが漂った。

「桑《くわ》の実月《みつき》」

くっきりとスケキヨの声が群青《ぐんじよう》の空に浮かぶ。月はぼってりと楕円形《だえんけい》をしている。

私達は何を話すでもなく月を眺める。あまりの静けさに世界は終わったのではないかと思ったりもする。私達二人だけが、この夜にぽっかりと浮いて取り残されたような錯覚に陥る。このままひんやりと何もかも終わってしまえばいいのにと、私はいつも思っていた。

月が明らかに傾く頃になると、私達はどちらからともなく腰を上げる。長い時間じっとしていて冷えて固まった関節がぎしぎしと鳴った。さて、と互いに目配せし合って帰ろうとした時、不思議な音が響き渡った。ブオーともオオーンともとれる物悲しい叫び声だった。いや、泣き声かもしれない。どちらにしてもその音は人間のものにしてはあまりにも大きすぎるものだった。それは寝静まった島に重く余韻を残しながら、駆け抜けていった。

「何?」

私は思わずスケキヨの寝巻きから出た細い腕を摑《つか》んだ。スケキヨは島の真ん中の山のほうに鋭い視線を走らせて呟《つぶや》いた。生い茂った木々が黒々と揺れている。

「獏だよ」

「ばく？」

「あの山の天辺《てっぺん》に獏っていう怪物が棲んでいて、こうやって夜に起きてきて吼《ほ》えるそうだよ。恐ろしい姿をしていて、人間を見つけたらばりばり食べてしまうってあいつらが怖がっていた」

「本当に？」

スケキヨのいうあいつらとは、近所の子達のことだとわかった。

「さあ。でも、誰も見たことがないのにどうして恐ろしいってわかるのだろう。どんな大きな牙《きば》を持っていたら人間をばりばり食えるっていうのだろう。あいつらは間抜けだよ。何もわかってない。わかろうともしない」

スケキヨの体からゆらりと熱く禍々《まがまが》しいものがたち昇るのを感じた。怒りだと思った。スケキヨは静かに怒りを溜《た》めているのだと、その時わかった。

「あいつらは僕のことを男女《おとこおんな》だって言うのさ。白亜のことを口の利けない生き人形と言う。口にしたくもないもっと汚い言葉で笑いものにすることだってある。そうして僕が弱虫で逆らえないと思って、たかをくくっている。自分達は僕らより上だと、幸せだと思って優越感と征服感に酔っている。僕が許してないってことに気付きもせずにね」

スケキヨの横顔が白々と月の光に照らされていた。その表情が陶器製の人形のように冷たい。私は獏の遠吼えが怖かった。風のように闇の中から鋭い爪《つめ》を閃《ひらめ》かして襲ってくるのではないか、と気が気じゃなかった。でも、スケキヨが初めて見せた感情に戸惑ってもいた。どう反応したら良いのか判《わか》らなかったのだ。容易には触れられない空気がスケキヨの周りに満ちている気がした。

「スケキヨ」

戸惑いを含んだ声で私は問いかけた。

「白亜」

私の揺らぎを遮るように、スケキヨが素早く応える。

「僕は決して許さないよ。何もかも決して忘れない。白亜だけは覚えていて」

まだ幼いスケキヨの声には似つかわしくない言葉だった。時折、彼はそういうことを言った。私は黙ってうつむいた。そのまま、帰ろうと言うように、スケキヨの手をひいて物干し場を横切った。時間をかけて慎重に歩いた。スケキヨの手を強く握りながら。

だが、布団に潜り込むころにはスケキヨはもういつもの穏やかさを取り戻していた。

でも、私はその晩うまく寝付けなかった。べったりとした嫌な予感が私の鼓動をいつもより速くさせていたのだ。だが、スケキヨは隣の布団でひっそりとした寝息をたてていた。その白い頬に長い睫毛《まつげ》の影をくっきりと落としながら。

三軒隣の大工の息子が、左目に大怪我《おおけが》を負ったのはその一ヵ月後だった。

その日は随分暑い日だった気がする。いつものように二階でぼんやりしていると、遠くの方から騒ぎ声が聞こえてきた。その声の多さと騒がしさから何か良くないことが起きたのだとわかった。ぴりぴりとした緊張感が人々の声の中にちりばめられていた。

この島ではよく不吉なことが起こった。腐った水の臭いにひっそりと死臭が寄り添うように、死や不幸がこの島には常につきまとっていた。月に一度は心中した娼婦の死体や身元不明の死体が水に浮かんだ。何から逃げてきたのかは誰にもわからなかったが、ヘドロの中にしか逃げ場がなかったことは誰にも見て取れた。本土から排水される汚染された水のせいか、生まれてすぐ死んでしまう奇形の子供も少なくなかったし、奇妙な病に冒されて死んでゆく人間も多かった。だが、島に住む人間はただ日々を生き延びるだけで精一杯で、そんな事で絶望したり、深刻になったりする余裕のある人はほとんどいない。皆、往々にして忘れっぽかった。ここでは忘れることが生きる力なのだ。

騒ぎ声はどんどん近づいてきていて、私は何か聞き取ろうと耳をすませた。

「しっかりしろ」とか「ひでえ血だ」とか「医者は」とかいう言葉が切れ切れに聞こえてくる。窓から首を出して通りを覗くと、大人が五人くらいで、棒に布を張った担架で誰かを運んで走っていくのが見えた。だらりと、子供の腕らしい幼い手が担架から垂れている。スケキヨではないかと心臓が弾《はじ》けた。慌てて一階に降りていくと、三、四人いた店の客も皆、席を立ち、外を見ながら口々に喋っていた。

「ありゃ片目もう駄目だな。まだ小さいのに気の毒に」

「泰蔵《たいぞう》のとこの一番上のボウズだろ。悪さばっかりしている餓鬼だからな、仕方あるめえ」

「だけど何したらあそこまでえぐれるんだろな。見ろよ、血があんなに垂れてらあ」

「ああ、俺、飯食ってるとこなのに、気色悪い」

男達が話すのを聞いて私は一瞬安堵《あんど》したが、「泰蔵のとこのボウズ」という言葉に脈拍が速くなった。いつもスケキヨを苛める子供の一人だったのだ。

慌てて裸足《はだし》のまま店の土間に降りてしまっていたので、足の裏がひんやりと冷たい。月影の下のひんやりとしたスケキヨの横顔がよぎった。スケキヨだ、と何かが駆け抜けるように思った。息が苦しくなり、油でべたついた店の食卓に手をついて身体を支える。昼間の熱気も人の声も遠のいていった。

その時、まだ外を見ている男達の間をぬって、スケキヨがするりと店に入ってきた。

その顔を見た瞬間、私の直感が正しかったことがわかった。

そして、スケキヨも私が全てを知ったことを、瞬時にして悟ったようだった。

彼は興奮もしていなかったし後悔もしていなかった。私が真実を知ったことに狼狽するそぶりも無かった。いつもと変わらず、仏像のように無表情で涼しげな眼差しのままだった。その、さも当然というような落ち着き払った様子が、彼が微塵《みじん》の迷いも無くあらかじめ計画していた事を実行した証《あかし》だった。

スケキヨは水差しの水を茶碗《ちゃわん》に注《つ》ぐと、それを静かに飲み干した。そして、使った茶碗を流し場に持っていった。いつもと変わらぬ動きで。戻ってくると私の裸足の足元に視線を落とした。ひょいと近くの食卓の上の台拭《だいぶ》きを手に取り、私を土間から上がるように促し、階段に腰掛けさせて丁寧に私の足を拭《ぬぐ》う。

私は黙って、膝《ひざ》の近くを動くスケキヨのつむじを眺めていた。スケキヨが動く度に、髪の毛から太陽と熟れた植物の匂いがこぼれた。その匂いは蜜蜂《みつばち》のような平和な匂いだった。私は目を閉じ、身体の力を抜いた。うなりのある羽音が聞こえた気がした。現実の騒音は全て遠のいていった。

二人で二階に上がって、窓を閉めて畳に転がった。どちらも何も言わなかった。

いつの間にか私はスケキヨの手を握っていた。その小さく汗ばんだ柔らかな手が、鋭利なものを握ってぷちりと眼球を突き破る感触を想像しようと努めた。スケキヨがどんな想いでその感触を味わったのか私は知りたかったのだ。分かち合いたいとさえ思った。私の頭の中で何度も眼球は卵の黄身のようにどろりと潰《つぶ》れて流れ落ちていった。


夏至祭が近づいていた。

この島で唯一人々が陽気になる日だった。夏至祭が終われば雨季が終わり、本格的に夏が来る。漁師にとっても娼婦にとっても稼ぎのある時期に入るのだった。毎年たくさんの夜店が出て、島の外からも見世物小屋や香具師《やし》が訪れた。女達は着飾り、男達も仕事を忘れ、皆、広場で夜が更けるまで踊った。

私達も祭のために時折客からもらうお駄賃を貯めていた。スケキヨは島の外から持ち込まれる珍しいものを見にいくのが好きだった。色の変わる石だとか、鮮やかな翅《はね》を持つ虫の標本とか、罎《びん》から出すと燃える粉とか、遠い国の乾燥させた実や大蛇の皮とか。怪しいものを毎年少しずつ買い集めては、祭の後もそれらを眺めて過ごしていた。私は毎年、祭の熱気にぼうっとなり、美味《おい》しくもないきつい原色の飴《あめ》や、その日限りで壊れてしまうようなちゃちな玩具といったどうしようもないものを、欲しくもないのに買っては持て余してしまう。

それでも、甘い匂いや香ばしい煙の混じり合う空気の中を、スケキヨと手を取り合って、灯りに惹かれる羽虫のように夜店を覗いて歩くのは楽しかった。疲れると広場の隅に腰掛け、踊る人々や松明《たいまつ》の灯りを眺めた。いつもは陰気で大人達の妖《あや》しい空気が漂う夜が、この日は伸び伸びと膨れ上がって見えた。

そんな夏至祭の期待が徐々に島を包んでいく頃に、例の子供が片目を失った詳細を耳にした。竹林の中の不幸な事故だったと。走り回り、転んだ先にたまたま折れた竹があったそうだ。婆が外を歩き回ることがどんなに危険か、くどくどと私に説いた。私は傍らで一緒に婆の小言を聞くスケキヨをちらりと見た。スケキヨは全く表情を変えなかった。

　片目を失った子供がここらの大将だったらしく、あの事件以来、子供達は勢いを失っていた。おかげでスケキヨと私は穏やかな日々を過ごしていた。逆に最近はよく遊女屋の子達を見かけるようになった。昼間、ふと簾《すだれ》を上げると、瘦《や》せて頼りなげな身体に大きすぎる派手な着物をまとって、遠くの方からじっと私の部屋を見上げている視線があった。それが三日に一度はあるようになった。私が簾の隙間から身を逸《そ》らすようにしていると、いつの間に入ってきたのか後ろにスケキヨが立っていた。

「気になる？」

「うん……。私、何かしたかな」

「あの子達、僕が遊女屋に出前にいくとき、必ずついてくるんだ。追い払っても、追い払っても一定の距離をあけて、黙ってついてくるんだ。多分、白亜を見たいんだよ」

「何故《なぜ》、私を？」

　スケキヨは少し困ったような顔をした。

「一回、娼婦達に聞かれたんだ。お前はあの定食屋の婆に拾われた子で、姉さんがいるだろうって。そうだって答えたら、大人になったらここにくるはずだから名前を知りたいって言う。だから白亜って告げたら、皆、大笑いした。大層な名前だって、せいぜい期待して待っているって。そうして僕に言った。いつかは離れ離れになってしまうから、決して互いの名前を忘れてはいけないと。大人になって間違った出会いをしないように。なかなか忘れられない名前だからその心配はないだろうがって……。娼婦達は笑ったけれど、あの子達は飛び上がって僕を見ていた」

「白亜という名はおかしいかしら……」

「おかしくなんかないよ。白亜は御伽噺《おとぎばなし》にでてくる名前なんだよ、娼婦達のね。白亜は知らないの？」

「知らない」

私は正直言って自分の名前なんかどうでも良い。それより気になることがあった。

「ねえ、スケキヨ」

「何？」

「私達、離れ離れになるの？」

それは、聞くまでもないことだった。そして、多分、聞いてはいけないことだった。スケキヨは黙ったままだった。スケキヨに何か答えられるはずなどないのはわかっていたのに。家具らしい家具などいっさいない、がらんとした部屋に気まずい沈黙がしばらく続いた。ふと見ると、黄ばんだ畳の上に簾からこぼれた光が線を描いていた。その光が当たった所で踊るように埃《ほこり》が揺れているのを私は見つめた。スケキヨが何を見ているのかはわからなかった。

「ごめんね……」

ややあって、私は呟いた。あんまりスケキヨが動かないから不安になったのだった。

「ううん」

スケキヨがやっと顔をあげた。くるりとこちらを見る。

「明日の朝、少し早く起きて水場に来て。御伽噺をしてあげる」

スケキヨはいつもまだ暗いうちから起きて店の準備をしていた。

「今じゃ駄目なの？」

「駄目だよ」

スケキヨがやっとにっこりと笑った。


全てがまだ寝静まった、白い月が僅かに残る青い朝には濃い靄《もや》がかかる。この島の湿度が高いせいだ。しっとりと着物が湿ってくるくらい重く濃い。私はその靄を掻《か》き分けながら、台所の裏口から湿った木の階段を水場の方に降りていった。

この島の大体どこの家も台所から水場に通じる道を持っている。島には運河と呼ぶには大げさすぎるが、わりに深く、小舟がすれ違えるくらいの幅の水路が至る所に張り巡らされていた。物売りはその水路を使って舟で家々を回り、住民達は水路で洗濯や洗い物をしたり、野菜を冷やしたりしていた。また、遊女を買う客が水路から窓辺に座る女達を見初めるためにも使われていた。大きな遊女屋になると広い見世が水路に面して造られているものもあった。暑い日は、よく足を水につけながら豆腐屋や乾物屋、菓子売りの舟が来るのをスケキヨとふざけ合いながら待ったものだ。

でも、まだ暗い朝の水路は底知れぬ冷たい青緑色をしていて、とても足をつける気にはならなかった。スケキヨは舟を繋ぐ杭《くい》にもたれながら待っていた。

「おはよう」

「おはよう。寒くない？」

「大丈夫」

靄はよく目をこらしてみると白い細かな粒状だった。その小さな粒がスケキヨの産毛に細かく散って光っていた。そのせいでスケキヨは淡く光を発しているように見えた。

「今年も蛍、ここで見れるかな……」

呟く私にスケキヨがにっこりと笑う。そうして、足元の水面《みなも》を覗き込んだ。

「白亜、この島には伝説があるんだ」

「獏の話？」

「いや獏が棲みつくずっとずっと昔の話だよ。昔、この島には島が沈んでしまいそうなくらい大きくて豪華な一大遊廓があった。夜も昼もその華やかさは失われることがなく、人々は薄汚れた灰色の世界に浮かび上がる幻想的なその島を陽炎島《かげろうじま》と呼んだ」

陽炎島にはありとあらゆる煌《きら》びやかなもの、珍しいもの、いかがわしいものが集められた。まさに玉石混交といったありさまで、そこに惹かれ集まった人々はその滑稽《こっけい》で卑猥で残酷で乱雑な夢に酔った。むせかえる熱気と恍惚《こうこつ》がその島を包み、時間の流れまでも変えてしまいそうな程だった。その遊廓に誰もが息を呑むくらい凄艶《せいえん》な一人の遊女がいた。名を白亜といった。その美しさに、人間はおろか島の裏側の洞窟《どうくつ》に棲む雷魚《らいぎょ》までもが心を奪われた。彼はこの辺りの主《ぬし》だった。ある晩、雷魚は水面に人間の十倍はありそうな大きな頭をぽっかりと出して白亜の名を呼んだ。遊女達は悲鳴をあげ、腰を抜かし、男達は武器を構えた。だが、白亜はそれを制して恐れることなく欄干に出ていった。「こうして人語を解するからには、お前は名のある主なのでしょう。何故、妾《わらわ》の名を呼ぶのです」。白亜は落ち着き払って言った。雷魚は長い首をもたげて白亜を見下ろした。体はとげのような鱗《うろこ》でびっしりと覆われ、口を開くと真っ白な牙が夜闇にきらきらと光った。「白亜よ、長らく私はお前を慕っていた。だが、我らは棲家《すみか》も形も異なる生き物。故に、今日まで私はお前の前に現れようと思うことは無かった。だが、今宵、水の底から出てきたのにはわけがある」。そこで、雷魚はしばし口をつぐんだ。白亜はじっと雷魚を見つめていた。「この島はあと半月もしないうちに沈む。この島はあまりに贅《ぜい》を凝らしすぎた。水の神がこの騒がしさを煙たがっておられる。我ら、水に棲むものは水の流れに従って生きているのだ。この島の熱気は大いなる水の流れを乱している。先日、リュウグウノツカイが私の元に来て、水の神からのお達しを告げた。この島を沈め、島の全ての人間を葬るようにとのことだった。私はそれに従わなくてはならない。明日より一日も止《や》むことなく瘴雨《しょうう》が降り注ぎ、人々は死に絶え、島は沈むだろう」。そう雷魚が言い終わらぬうちに、水の中からぬめぬめと雨虎《うこ》が現れ、嘴《くちばし》の赤い美しい鳥が羽を翻して舞い飛んだ。誰かが「商羊《しょうよう》だ」と叫んだ。「洪水がくるぞ」と。人々のざわめきを遮るように雷魚が続けた。「だが、私は白亜、お前を殺すに忍びない。だから今日はお前に提案をしに来たのだ」。白亜はにっこりと笑って言った。「妾に如何《どう》しろというのです」。「私に喰われて欲しいのだ。誤解してもらっては困るのだが、それは単に死ぬのとは違う。私はここらの主だから、私が奪った命は好きに形を変えることが許されているのだよ。我々がこのまま姿形違ったまま生きたとしても死んだとしても、永遠に巫山《ふざん》の夢が果たされることは無いだろう。だが、もしお前に好いた男がいないのならば、私はお前を喰らって、どんな朝の光よりも美しい鰭《ひれ》を持つ大きな魚に変えてやろうと思う。そうしてどこへなりとも連れていってやろうと思う。どうか？」。白亜は雷魚の目を、時間をかけてしっかりと覗き込んだ。雷魚の目は知的な光を放っていて、哀しみに満ちていた。白亜には雷魚が嘘《うそ》を言っていないとわかった。だが、遊廓の酔っ払った人々は雷魚の言葉を聞くと大笑いした。雷魚が白亜喰いたさに脅しをかけているのだと思ったのだった。「身の程知らずの化け物め」。誰かが叫んで、杯を雷魚に投げつけた。人々が松明の火で雨虎を燃やし、扇や皿が雷魚に投げつけられた。白亜は雷魚の目が怒りで揺らぐのを見た。「おやめなさい！」と、白亜は鋭い声をあげた。ゆっくりと雷魚に向き合うと言った。「主よ、過分なお言葉痛み入ります。けれど、あなたにも妾の掌《てのひら》に載るくらい小さい時分がおありでしょう。その時分に水の世界の全てを知りたいと望んだ故に今のあなたがあるのではないでしょうか。妾も今はしがない遊女の身なれど、いつかはこの足で妾だけの景色を見つけたいという密《ひそ》かな願いが御座います。故に、今、望みを捨て、命惜しさに妾だけ水の世界に逃げ込むわけには参りません」。優しいが意志のこもった声だった。雷魚は目を瞑《つぶ》ってしばらく考えていたが、やがて静かに水の中に消えた。その次の日から雨は止むことなく島に降り注いだ。時折、黒い雨が降り、青く生ぬるい靄がたった。白亜は楼主に遊廓をたたみ、島の人間達を逃がすよう必死に勧めた。楼主は鼻で笑ってとりあおうとはしなかった。「止まない雨がどこにあるって言うのだ」。そして、それでも諦《あきら》めずに皆に働きかけ、まだ幼い禿《かむろ》や新造《しんぞう》だけでも逃がそうとする白亜を怒鳴りつけた。「遊女のお前達がこの島以外、どこでどうやって生きていけると言うのだ」と。女達は自分達の身の上を思ってうな垂れ、男達は意地悪く苦笑した。やがて黒い雨や青い靄に触れた人々が病にかかっていった。魚は一匹も獲れなくなり、島を出ようとした船は大きな魚達によって木っ端微塵に砕かれ沈んだ。その間も雨は休まず降り注いだ。人々はやっと雷魚の言葉が脅しではなかったことに気付いた。白亜は毎日荒れ狂う水面を眺め続けた。あの日以来、雷魚は現れなかったが、時折、白亜が水辺でたたずんでいると、どこからともなく小さな魚達が現れた。魚達は小さな泡を運んできた。その泡のひとつひとつに見たことも無い美しい貝殻や水中花、水底の色とりどりの砂や宝石が入っていた。雷魚からの贈り物だった。それらの美しい贈り物は白亜の心を慰めた。白亜は水の中の美しく澄んだ世界と、そこに自分を誘っている雷魚の姿を想うのだった。しかし、やがて病に臥《ふ》せった人々が血を吐いてどんどん死んでいき、遊廓は昼も夜も雨戸を閉め切り、誰も外に出られなくなってしまった。白亜ももう水面を見に行くことが出来なくなった。廓《くるわ》の中は湿気と死臭が充満し、人々の心は長雨の恐怖と飢えの為《ため》、平静さを失いつつあった。このままでは皆、雷魚に殺されてしまう、白亜を生《い》け贄《にえ》として雷魚に捧《ささ》げれば救われるのではないか、と誰かが言い出した。その妄想は瞬《また》く間に伝染し、ある晩、白亜はたくさんの重りをつけられ水に放り込まれた。寝ている間に猿ぐつわを嚙まされ、暗い水の中に沈んでいった。何かを考える間も無く重い水が身体の力を奪っていった。その時、水の中に閃光《せんこう》のように激しい怒りが走り抜けた。それは途切れかけた白亜の意識を再び目覚めさせた。鋭い尾びれを持つ魚達が集まり、白亜に結ばれた重しの紐《ひも》を切った。ぬるりとしたものが白亜の体に巻きつき、ものすごい速さで岸辺へと白亜を運んだ。水面で白亜が見たものは嵐《あらし》の中で荒れ狂う雷魚の姿だった。「愚か者達め」。目がくらむ光の矢が降り注ぎ、轟音《ごうおん》が黒く渦巻く空を割り、遊廓は雷《いかずち》によって炎に包まれた。雨の中、今までに無いくらいの耀《かがや》きを放って、遊廓は燃え上がった。島は終わりを迎えようとしていた。白亜はその恐ろしく美しい光景を震えながら見つめた。やがて朝が訪れ、岸辺の岩にもたれまどろむ白亜の元に静かに雷魚が姿を現した。その姿を見て白亜はにっこりと微笑んだ。やつれ果て、ひどい格好をしてはいたが、その微笑みは美しく、雷魚の心に痛々しく沁《し》み込んだ。雷魚ははらはらと涙をこぼした。「魚も涙を流すのですね」。白亜は言った。「もう、この島には誰一人生き残ってはおりません。最後に残った妾を喰らいに来られたのですね」。雷魚はじっと白亜の目を見た。そして、がっくりとうな垂れた。「いいえ、あなたはまだ生きる望みを失っていません。目を見ればわかります。あなたの美しい目に絶望の影は微塵もありません。希望を失っていない魂はたとえ喰らったとしても私の好きには出来ないのです。私はあなたを水底に連れて行くことは出来ない」。「主よ」白亜は起き上がり、水の中に入っていき雷魚のそばまで来た。「主よ。美しい泡の贈り物に感謝致します。妾が生涯で戴《いただ》いた贈り物の中で一番素晴らしく心弾むものでした。妾は幼い頃よりこの島を出て、自分の足でどこかに行くのが夢でした。その願いを諦めるわけにはやはりいかないようです。けれど、私の心は主、あなたに慰められ、惹かれました」。白亜は雷魚の鋭い尖《とが》った鱗に手を当てた。「遊女の言葉はどんなに連ねども、誠と思っていただけぬのが常で御座います。妾のすべてを差しあげることは出来ませぬが、これを妾の心のせめての証にお受け取りくださいませ……」。そう言うと、白亜は自らの小指を鋭い鱗で切り落とした。雷魚の背中と水面が赤く染まった。雷魚は息を呑んだ。白亜は着物の袖《そで》を裂いて血止めをすると、微笑んだ。「さあ、もう殺して下さって結構です」。雷魚はその花のような微笑を脳裏に焼きつけようとするように、長い時間をかけて白亜を眺めた。そして、柔らかい尾びれをしならせて白亜をかき抱《いだ》くと、自分の背に乗せぐんぐん水面を滑りだした。島が遠くなっていくのを見て白亜が叫んだ。「いけません！　島の人間全てを葬るのが水の神からのお達しだったはずです。妾を助けてはあなたにまで罰が下るでしょう」。雷魚は何も応《こた》えず、速度も緩めることは無かった。あっという間に白亜と雷魚は本土に着いてしまった。雷魚は白亜を柔らかな水草が茂った岸辺に降ろすと言った。「私には愛《いと》しいあなたを殺すことなど出来ません。たとえどんな罰が下ろうとも、あなたに戴いた御心《おこころ》を思えば天にも昇る心地で居られることでしょう。どうぞ、御身《おんみ》を慈しんで下さい……」。雷魚は大粒の砂金が入った泡を白亜の足元に置くと、ゆっくり水の中に消えていった。白亜は背びれが揺らす波紋がひとつも無くなるまで、水面を眺め続けた。気がつくと、いつの間にか雨はあがっていた。

「それから白亜はどうなったの？　雷魚は罰を受けなかったの？」

話し終えても水場の水面を覗き込んだままのスケキヨに、私は問いかけた。

「水の神は白亜と雷魚の絆《きずな》に心打たれて罰を下すことはしなかったんだよ。島も沈むことなく残った。そして、白亜はありとあらゆる場所を訪れ、望みどおり世界を見ることが出来た。最後に彼女は雨極《うきょく》と呼ばれる場所に辿り着き、そこに住み着いたと言われている」

「うきょく？」

「雲の棲家と呼ばれる世界で一番雨が多い場所だよ。年中様々な虹がかかり、緑が生い茂り、暖かく、熟れた果物が甘い匂いを漂わせ、万病に効くといわれる神水が降り注ぐ所だそうだよ。誰もが辿り着けるわけではない場所だけれど」

「でも……雷魚にはもう会えなかったのね」

「それは違うよ。白亜……！」

スケキヨが声を潜めて、私の横にしゃがみ込んだ。そっと水面を指し示す。

スケキヨの指の先は、対岸の青い水草が揺らめく水の中を指していた。そこで青黒い影がゆっくり動いていた。注意しなくては見落としてしまうくらい僅かに。私は息を止めた。それは、私の背丈程はありそうな大きな魚だった。糸を引くように、黒い身体の表面で藻や水草が揺れていた。随分年をとっているように見える。

しばらくすると魚は、緩慢な動きで音も無く水の中をこちらの方に滑ってきた。青黒い影を背負って。私たちは水面に突き出た小さな桟橋の上にしゃがんでいた。魚はその板組みの下に潜り込んだ。朽ちかけた木の隙間から、その大きな黒い身体がちらちらと見える。重く冷たい空気が足元から這《は》い上ってきた気がして私はすくんだ。スケキヨを見ると、興奮した熱っぽい眼差しで足元を覗き込んでいた。再び視線を魚に戻す。ちらりと魚の目が見えたような気がした。灰色の、生命を感じさせない、硬く強張《こわば》った目だった。そのぽっかりとした暗闇は私の思考を痺《しび》れさせた。根源的な黒い恐怖が私をすっぽりと覆っていく。

どのくらい時間が経ったのか、魚は私たちの足元からゆらりと出ていって水草の生い茂る深い流れに消えていった。

「ちゃんと見た？」

スケキヨが立ち上がって言った。私は呆然《ぼうぜん》と頷《うなず》いた。あんな大きな魚をこんなに近くで見たのは初めてだった。ぬらりとした妖気が、まだ水場のあちこちに残っているような気がした。ぞくりと背筋が寒くなる程の。

「毎朝、この誰もいない時間にここを通るんだ。あれがきっと雷魚なんだよ。白亜に一度見せたかった。美しいよね」

「美しい？　恐ろしいではなく？」

私の問いかけにスケキヨは目を細めた。私を立ち上がらせて顔を覗き込んだ。

「白亜、恐ろしいのと美しいのは僕の中では同じだよ。雷も嵐も雷魚も赤い血も。そういうものにしか僕の心は震えない。どちらかしかないとしたら、それは偽物だ。恐ろしさと美しさを兼ね備えているものにしか価値は無いよ。僕はそう思っている。白亜、顔色が悪いよ。魚の目を覗いてしまったのだね」

私は頷くことが出来なくなっていた。身体が冷たく強張ってしまっていたのだ。頭のしんが凍《い》てついていて、うまく言葉が出てこない。容易には戻ってこられない場所を覗いてしまった気がした。私の何かが奪われ、呑み込まれてしまったようだった。

「魚の目を覗いてはいけないよ。人間とは心の造りが違うのだから。知らなかったのだね。さあ、部屋に戻って休むといいよ。僕はお店の準備をしなくちゃいけない」

スケキヨに促されて階段を上った。足元が妙にふわふわしている。台所の戸を開けると、黴臭《かびくさ》い匂いがして中が夜のように真っ暗に見えた。水路を振り返ってみると、靄は晴れ、朝の光が水面を滑りだし始めていた。やっと正常さを取り戻し始めた頭で思った。何故、スケキヨは平気なのだろうと。あの目は忘れられそうもなかった。私には美しいとは思えなかった。だが、その時、恐怖の奥底にほんの少し懐かしさのようなものが込みあげてくるのを、私は不思議な確かさで感じていた。

私達は子供らしくあることを許された存在ではなかった。

そして、それは二人きりでいるときでも変わることはなかった。私達は甘えたり、依存したり、喧嘩《けんか》したりするにはあまりにも対等すぎた。どちらかの意図的で過剰な行動は、相手の負担に繋がるものだった。均衡を保つこと。それが一番大切なことだった。なぜなら、私達にとって外の世界と直《じか》に関わることはひどく疲れることだったから。心を乱されるような嫌なことが起きると、私達は無意識に、まずは当事者ではない方が反応するようになった。そして、片割れが自分のことで悩んだり傷ついたりするのを眺めてから、その問題に向き合う。

私が近所の子供や定食屋の客達にからかわれると、スケキヨが怒ったり傷ついたりした。スケキヨが婆に酷《ひど》くこき使われると、私が心配し悲しんだ。その様子を見ると、私達は自分の痛みを忘れ、片方を癒《いや》し慰めようとした。いつも、被害を受けた方から先に微笑んだ。自分の身に何が起きてもスケキヨが笑ってくれさえすれば、私はもうそれで良かった。スケキヨにとっても同じだっただろう。私達はあらゆる想いを共有し、二人の間だけで受け渡し、その温度を下げ、静かに消化していく術を自然に身につけていた。

私達は完全な対《つい》だった。

そんな私達にとって、普通の家族という形態で育った子供達は、暑苦しく不完全で理解しがたいものだった。ひどく過剰な感情を持つ違う生き物が、乗り移っているようにさえ見えた。私達は二人きりでいられさえすれば、笑いも哀しみも疑いも怒りも必要なかったから。わざと相手の気持ちを試したり、疑ったりするということは想像もつかないことだった。もちろん、退屈なども有り得なかった。何も起こらず、二人の時間がただ静かに流れていく。それだけで私達は充分だった。

夏至祭の当日、スケキヨは昼過ぎにお遣いに出たきり、いくら待っても戻ってこなかった。日が傾き始め、遠くから祭の笛や太鼓の音がし始めても帰ってこなかった。私は簾を上げ、通りを見渡した。もうすでに人気《ひとけ》はなく、遅れた人々が一人二人ぽつぽつと広場に向かっているきりで、通りはがらんとしていた。

私はじっとしていられなくなり、婆にスケキヨが帰ってこないことを告げた。そして、どこか心当たりはないか尋ねた。

「もうとっくにあたしが頼んだ用事は終わっている時間だよ。そのまま祭に行っちまったんだよ。男の子なんだから、いつまでも姉さんにべったりも恥ずかしいんだろうよ。お前も行くなら、早めに行ってさっさと帰って来るんだね」

婆は店じまいをしながら鬱陶《うっとう》しそうに言った。スケキヨが私を置いて先に祭に行くわけがないのだが、そんなことを言ってみても無駄な雰囲気だった。私は婆に背を向けて店の外に出た。

食べ物を炙《あぶ》る香ばしい匂いと火薬の匂いが、夕暮れの風にのって漂い始めていた。途切れ途切れに人々の笑い声や笛の音が耳を掠《かす》めた。スケキヨ、楽しみにしていたお祭だよ。どこに行ったの。ひょっこりスケキヨが物陰や小道から姿を現しそうで、あまり店から離れないように私は近所をさまよった。細く長く伸びた影が頼りなさげに私に従った。

もう誰も住んでいない崩れかけた小屋の横を通った時、子供の笑い声が聞こえた。足を止めると、笑い声は一瞬止み、また起きる。私が動かないでいると、笑い声は力を得たように膨れ上がりあたりに散らばった。気色の悪い気配が絡みついてきた。明らかに私に対しての笑いだった。まさか、と思ってゆっくり小屋の方に近づいた。

近くで見ると、小屋は半分がちぎれたようになくなっていて、中が剝《む》き出しになっていた。そこに男の子が五人程、斜めになった壁にもたれながらこっちを窺《うかが》っている。あたりには木屑《きくず》やごみが散らばっていて、荒《すさ》んだ感じがした。私が近づいていくと皆黙ったが、立ち止まると目配せをし合ってまた笑った。ところどころ欠けた汚い歯がばらばらと見える。どの子も私やスケキヨより年上に見えた。体ががっしりとしていて、皮膚が黒ずんで、膝や腕にかさぶたや傷跡があった。髪は脂っぽく、がさがさとしていた。

皆、にやにや笑いながら私を見ていた。物珍しそうに。

見たところ、スケキヨはここには居なさそうだったし、なんだか吐き気がしてきそうだったので私は彼らに背を向けた。

「おい、待てよ」

その時、子供にしては低めの声がした。声変わりの半分くらい済んだ声音だった。

「可愛い、可愛い弟がまだ帰ってこないんじゃねえの？　お姉さん」

心臓が嫌な音をたてた。悟られないようにゆっくりと振り返ると、奥から出てきたのか、周りより体の大きめな少年と右目が合った。左目は顔半分をえぐる大きな傷によって潰れている。周りの子の笑い声が、血の気とともにすうっと引いていった。

「スケキヨをどうしたの？」

大きな声を出そうと努めたが、弱々しい声しか出なかった。一人の子が私の口真似《くちまね》をして、皆がどっと笑う。頭に血が上り、足が震えた。

「俺達を疑ってんのか、お姉さん」

片目の少年がひきつるような笑いを浮かべる。

「なあ、おい誰か知ってるか？　あの気味の悪い青びょうたんを、引きこもりのお姉さまがご心配の様子だぜ」

彼が大きな声でそう言うと、子供達は皆笑いながら、口々に好き放題なことを言いだした。混乱した私の頭に彼らの野次が反響して目眩《めまい》がした。悪い想像ばかりが頭を駆け巡る。皆、祭で出払っており、周りの家には誰も居そうもなかった。居たとしても私達が助けを求められる大人などほとんど居なかった。自分でなんとかするしかない。なのに、足は震え、声は出なかった。頭も全く働かなかった。私はただ、その場に惚《ほう》けたように立ち尽くしていた。片目の少年はそんな私の姿を、上から下まで舐《な》めるように眺め回していた。

「なあ、お姉さん。何か言ってみろよ、せめて泣いたりしてみろよ。そんなぼけっとしたままじゃ、こいつら退屈しちまうぜ」

そう挑発されても、相変わらず私は黙ったままだった。片目の少年は苛立《いらだ》ったように乱暴な歩き方で近づいてきた。

「おい、何か言えって言ってるんだよ。あのチビが大事なんだろ。慌てふためいて泣いてみろよ」

私の正面まで来て、つばを飛ばしながら怒鳴る。殴られるかと思い、思わず身をすくめた。片目の少年は怯《おび》えた私の顔を見ると、気を取り直したように粘っこい笑いを浮かべた。

「着物、脱げよ。全部」

子供達がどよめいた。耳障りな口笛を吹いた子も居た。体の血が全て逆流したかと思うくらい熱くなる。片目の少年は得意そうだった。

「お前さ、大きくなったら売りにだされるんだってな。親父《おやじ》達が言ってたぜ。川岸の女の長屋で汚い仕事をするんだろ、だったらここで脱ぐくらい朝飯前だろ。脱いだらあのチビがどこにいるか教えてやってもいいぜ」

　囃し声の飛び交う中、私は片目の少年の顔を見上げた。ゆっくりと無意識に、その残った右目を覗き込んだ。潰れた肉団子のような、醜くごつごつした鼻。日に焼け、荒れた肌に、点々と吹き出た白い脂を含んだ赤いにきび。その皮膚の裏に張り付いた粗削りの骨。その奥のぎらぎらした瞳《ひとみ》のもっと奥。そこにスケキヨがいるかのように、私はその瞳を覗き込んでいた。ややあって、その顔から笑いが消えた。

「なんだよ……。なんだよ、その目は。あいつと同じ目をしやがって……。あんな奴《やつ》どんな目に遭ったって相応なんだよ、俺の目を事故に見せかけてこんなんにしやがって。あいつ。あいつなんだよ。誰がなんと言おうが、あいつがやったんだよ。あいつ。俺が痛みで転げまわっている時、その同じ目で俺を見下ろしていやがった。黙ったまましっと見下ろしていやがった。何考えてんだかちっともわからねえ、死んだような冷たい目でよ。あんな薄気味悪い奴、死んじまったほうがいいんだよ」

　ぶつぶつと弁解するようにそう罵《ののし》って、私から目を逸らそうとした。その瞳の奥に畏《い》怖《ふ》を読み取った。瞬間、冴え冴えとしたものが私を満たした。この子、スケキヨが怖いんだ。そう直感した。怖くて、怖くて見ていられないのだわ、なんとかして逃れたくて、恐怖を悟られたくなくて、こんな虚勢を張っているんだわ。可笑《おか》しい。ねえ、可笑しいね、スケキヨ。こんな奴、ちっとも恐ろしくないね。美しくもないね。スケキヨの言った通りだね。本当に恐ろしいものしか美しくない。こんな子達なんて、ただの滑稽な風景なのね。私達に何も及ぼしはしない。私達に触れることも、近づくことも出来ない。

いつの間にか私は微笑んでいた。片目の少年のぎょっとした顔でそのことに気がついた。

「私が笑っている理由がわからない？　当たり前よ。あんた達に私とスケキヨを理解出来るはずがないわ」

私の声が夕焼けで赤く染まった周辺に、水の波紋のように広がった。それは、つらつらとした涼しげな声だった。自分のものとは思えないくらい。子供達は皆、しんと静まり返った。私はもう片目の少年には目もくれず、取り巻きの子等《ら》を眺め回した。

「私に裸になれって？　思い上がりも甚しい。私の身体は、あんたたちが大きくなって毎日身を粉にしてよぼよぼになるまで働いたって、触れることすら出来ないものよ。価値の違いを知りなさい。あんたたちが抱けるものといったら、せいぜい生臭い魚ぐらいよ。私の身体に傷ひとつでもつけて御覧なさい。それとも、あんた達に犯されたとあんた達の親に言ってあげましょうか。あんた達全員を売りに出したって、購《あがな》いきれる額ではないはずよ。身の程を知ることね」

片目の少年はぽかんと口をあけていた。長い沈黙のあと、誰かがぽつりと声をあげた。

「貘の祠だよ」

スケキヨの居場所さえわかればもう用はない。私はきびすを返した。それが合図だったかのように、皆はじかれたように気を取り戻した。片目の少年の声が背中に投げつけられる。

「あんな奴、貘に喰われてしまえばいいんだよ。お前もな！　この化け物ども！」

しかし、その声は先ほどの強さを失っていて、もう笑い声も起きはしなかった。私はもう何も感じなかった。ただスケキヨの元に行くことだけしか心になかった。足早に小屋のある空き地を出て行こうとしたその時、通りの向こうから熱っぽい眼差しを感じた。曲がり角の崩れかけた石塀の陰から、三人程こちらを窺っている痩身《そうしん》の子供達がいる。廓の子達だった。うつろな表情の中に、期待に溢れた熱気が見え隠れしていた。一部始終を見ていたのだろう。心の底で状況を愉《たの》しんでいる様子が伝わってきた。私は思わず彼女達を睨《にら》みつけた。

あんた達とも、私達は違うわ。

睨みつけると彼女達は頭を引っ込めた。が、すぐに執拗《しつよう》さを漂わせながら、おずおずと出てきてこちらを窺った。何度追い払っても現れる鼠《ねずみ》のように。私はもうひと睨みすると、祠の方角へ走り出した。もう随分日は傾き、あたりは薄墨で染めたように暗くなってきていた。

祠のある山頂に向かう道は暗く、私は何回も足を滑らせた。僅かに段差はついているものの、じっとりとした落ち葉や雑草だらけのひどい道だった。道の両側の林から獣の鳴き声や何かが草を掻き分け動く気配がした。草で足を何ヵ所か切っているはずだった。でも、手も足も痺れたように冷たく無感覚だった。この暗闇の中で立ち止まってしまったら、押し潰されて動けなくなってしまいそうで、私は無我夢中で山道を駆け登った。

やがて、夕闇の中に色褪せたひびだらけの大きな鳥居が見えてきた。それをくぐると祠があるはずだ。鳥居をくぐり、何段か登ると周りが急にひらけた。空気が澄んでいる。低い草が茂った広場の奥に崩れかけた祠が見えた。その広場の周りには高い木々が生い茂っていて闇が濃さを増していた。見渡す限り辺りは年を経た老木の幹だらけで、その葉ははるか頭上で生い茂っていた。この広場はきっと昼でも暗いのだろう。風が吹き、ざわざわと木々が頭上で声をたてるように揺れた。どこかで大きな鳥の羽音がした。私は身震いをした。ここだけ温度が低く感じる。汗で冷たく湿った着物が肌に張り付き気持ちが悪かった。それでも、なんとか気を取り直して、祠のほうにそろそろと歩きだした。

祠は後ろに生えた大きな不気味な木に呑み込まれるように建っていた。木は大蛇が何匹も絡まりあっているみたいに見えた。今にも祠を絞め壊そうとするかのように。反面、今のところ、この木が祠を支えているようにも見えた。それくらい祠は傷んでいた。昔は鮮やかだったはずの壁の装飾や色は全て見る影もなく褪せていた。屋根も苔《こけ》でびっしりと覆われている。二匹の守り神が載っていたはずの台座も、今は何も載ってはおらず、じめじめとした植物に覆われていた。

台座の間を抜けて私は祠に近づいた。祠は静まり返っていた。ただ、真新しい木の棒が祠の正面の扉の両取っ手に差し込まれていて、中から開かないようにしてあった。あの子供達の言ったことは嘘ではなかったのだと安堵しつつも、怒りが込みあげてきた。私は力いっぱい棒を引き抜き、扉を開けて叫んだ。

「スケキヨ！　大丈夫？　中にいるなら返事して！」

広場の暗い空間に場違いな、細く高い私の声が祠の暗闇に吸い込まれていった。頭のはるか上で風が渦巻き、森がうなるような音をたてる。私は目を閉じた。もしここにスケキヨがいなかったら、このままここに呑まれてしまうかもしれない。

長く重い時間がゆっくりと這うように過ぎていった。やがて祠の奥で何かが動く気配がして、スケキヨが出てきた。

「白亜……？　よくわかったね」

スケキヨは真っ青になってはいたが、落ち着いた物腰で笑っている。膝から力が抜けて、私はスケキヨにしがみついた。湿気と黴の匂いの底にスケキヨの匂いがする。スケキヨの身体はすっかり冷え切ってしまっていた。思わず涙がこぼれて、私はそのまま声をださずに泣いた。張り詰めていたものがあっという間に解けてしまい、いつもの無力な私に戻っていた。

「ありがとう、白亜、助かったよ」

スケキヨはしばらく私の背中を撫《な》でていてくれた。それから、そんなに泣いていたらどっちが助けに来たのかわからないよ、と笑った。私もつられて笑う。落ち着きと安心が胸に広がっていく。いつの間にか闇に目が慣れて、周りの様子がよく見えることに気がついた。足元の芝生かと思った草も全て苔だと気付いた。苔はビロードの様にしっとりと柔らかく、草履の隙間から傷ついて熱くなった足を包んでいた。スケキヨが祠の後ろの木を眺めながら言った。

「見て白亜、すごい木だよ。いつかこの祠を呑み込んで空に上げてしまうね。この木を知っている?」

私は首を振った。

「榕樹《がじゅまる》だよ。精霊が棲む木だよ。ここらへんの木は全部、すごく古くて大きいね。上がすっぽり覆われて日が入らないから、こんな苔の絨毯《じゅうたん》が出来るのだね。白亜、わかる？　夜になって森が息をしだしたよ。上から緑の青い匂いが降ってきている」

私達は上を向いて息を吸い込んだ。湿度の増した空気の中に、すうすうした淡い薄荷《はっか》のような匂いが混じっていた。スケキヨといると闇が私達を受け入れてくれるような気がする。先程までは恐怖しか感じなかった森が、生気を帯びて輝きだすように見えてくる。虫の音も、夜の鳥達の茫々《ぼうぼう》とした声も私を安らかにした。やっとまともに呼吸ができた。

ふと、虫の音が止まり、同時にスケキヨがぴくりと動きを止めた。広場の入り口に赤っぽい着物がちらちら見える。

「あの子達……こんな所までついてきたのだわ」

私の呟きにスケキヨが「遊女屋の子？」と、聞いた。私はうんざりした表情で頷いた。そんな私と廓の子達をスケキヨはしばらく見比べていたが、やがてにんまりと笑うと、

「ちょっと待ってて」と祠の奥に消えた。

「え……」

私がスケキヨを追おうとして祠を覗き込むと、後ろから廓の子達がこちらに近づいてくる気配がした。追い払おうと振り返った時、もの凄い音が祠から鳴り響いた。

ブオオーオオォーン、オオオォーン
巨大な音が私の心臓を突き抜け、暗い森に反響して、森の奥から夜空へと駆け抜けて

いった。まるで音そのものが生き物であるかのように。

それは、いつかスケキヨと聞いた物悲しい獏の遠吼えだった。私は石のように凍りついた。びりびりと体が震える。廓の子達は腰を抜かし、悲鳴をあげて地面を這いつくばりながら逃げだした。その背中をもう一度、遠吼えが襲う。そして、そのすぐ後に大笑いしながらスケキヨが姿を現した。

「ごめん、白亜。びっくりした？」

「やっぱりスケキヨなのね。何？　獏を飼いならしたの？」

「違うよ、獏なんていやしない。これが獏の正体だよ」

そう言って、スケキヨは何かつるつるした渦巻き状のものを差し出した。

「これは……貝？」

「そう、法螺貝《ほらがい》だよ。昔、戦の合図に使ったって書いてあったよ。これにたまたま風が入って音が出ていたんだよ。そして、獏の噂《うわさ》がたったんだね」

貝とはいっても両手で持たなくてはいけない程の大きさがあった。美しい茶色の斑模様《まだらもよう》をしていた。つやつやと濡《ぬ》れたように光っている。

「書いてあったって、何に？」

「本に。この祠の奥にたくさん本があったよ、こう暗くちゃもう読めないけど。もしかしたら昔は誰かこっそり住んでいて、人が近づかないように法螺貝を吹いていたのかもしれないね」

そう言うと、スケキヨは頬を膨らませて、もう一度、法螺貝を吹いた。その音に私が顔をしかめると、スケキヨは祠に法螺貝を戻し、扉を閉じた。

「帰ろう」

「うん」

二人してゆっくりと山道を下りた。スケキヨの横顔をよく見ると乾いた涙の跡があった。落ち着いて見えても、私が来るまで不安だったのだろう。思わずスケキヨの手を握った。スケキヨがにっこりと微笑む。そのうち、木々の隙間から祭の灯りがちらちらと見えだした。祭のざわめきも聞こえてきた。でも、その音や灯りはなんだか白々しく、現実のものではないようだった。随分遠いものに感じられた、夜空の星達のように。自分達が本当に地面を歩いているのか不安になるくらいだった。

「ねえ、スケキヨ」

「何」

「さっきはスケキヨがいなくなったのかと思った。怖かった」

「ごめんね、心配かけたね」

スケキヨが困った顔をした。頭上の木々が晴れて、星が見えだしていた。私達はしばらくそれを眺めて、また歩きだす。

「ねえ、スケキヨ」

「何」

「私がいなくなったらどうする？」

「探すよ」

「探しても、探しても見つからなかったら？」

「ねえ、白亜。僕は白亜がいなくなっても決して泣いたりなんかしないよ」

スケキヨが立ち止まる。私を真っ直ぐ見つめる。

「人間は泣いたり怒ったりしたら、その事を忘れてしまうんだ。忘れなくても泣いたりしたらその痛みは確実に薄まっていく。そのために泣くんだ、忘れるために。だから僕は絶対に泣かないよ。そして絶対に諦めたりはしないから安心して」

「うん……」

私は自分に言い聞かせるように何回か頷いた。

「じゃあ私もスケキヨがいなくなったら、泣かないで探し続けるね」

「いや、白亜は僕がいなくなったらたくさん泣いて、僕のことなんか忘れてしまうといいよ」

スケキヨはそう言うと、先にたって歩きだした。私は慌てて後を追った。追いついて何か言おうとすると、スケキヨが笑いながら振り返った。

「今からでもお祭行く？」

「そんな元気あるの？」

「白亜よりは毎日鍛えられているから平気だよ。白亜こそ、もう歩けないんじゃない？」

「あら、私も今日で随分鍛えられたわよ」

「へえ、じゃあ広場まで競走する？」

「それは……勘弁して」

そんな事を言い合いながら、私達はもう雑草のなくなった平坦《へいたん》な道を祭の広場の方へ向かって行った。スケキヨはもういつもの子供の顔に戻っていた。


今にして思えば、あの祭の日を境に私達は少し変わった。

スケキヨは暇さえあれば祠へ出かけるようになった。祠の中にあった本を彼は片っ端から読んだ。元々、植物や生き物のことには興味を持って観察していたのが、書物を読むことによって経験は確かな知識へと変わっていった。

そのうち、スケキヨは山に入っては泥だらけになって帰ってきて、採ってきた植物を庭に植えたり、草や苔をすり潰して、煮たり混ぜたり干したりするようになった。婆は最初の頃は店の仕事を怠けているとこぼしていたが、スケキヨの作った腰痛に効くという煎《せん》じ薬を試してからは、スケキヨの様々な試みに何も文句を言わなくなった。スケキヨの熱中ぶりは凄《すさ》まじく、私にはそれが羨《うらや》ましくも悲しくも映った。私のせいでスケキヨが周りに言われている事を知ってしまった今、スケキヨが何を恐れているのかよくわかったから。一生懸命、調合や採集に取り組んでいるスケキヨの細い背中からは、先の事を考えまいとする強い拒絶が漂っていた。

そして私もあの日、自分の中に潜むものに気付いた。自分の行く末にも。

本当は気付いてはいたのだが考えないようにしていたのだった。しかし、あの一件で自ら自分が売り物であるということを口にしてしまってからは、自分の行く末をはっきりと認めなくてはいけなくなってしまった。それは私に深い諦めをもたらした。同時に、より一層スケキヨに対する穏やかな気持ちが生まれるようになった。スケキヨのいる今の風景をくっきりと心に刻み込みたいと私は思ったのだった。いつか離れ離れになってしまうのならば。スケキヨが私に対して、何故いつも笑顔で優しくあろうとしていたのか、解ったような気がした。私には覚悟といっても良いものが生まれつつあった。

その反面、スケキヨは焦りにも似た空気を漂わせるようになった。私が諦めに満ちた穏やかな表情でスケキヨを眺めると、彼はますます自分の作業に没頭しようとした。恐らく、スケキヨは私には知って欲しくはなかったのだ。何も知らず、売られていくその日を迎えて欲しかったのだろう。何故かはわからないけれど。

少しずつ、私達の距離が離れていっている気がしていた。

スケキヨがだんだん私を真っ直ぐ見つめなくなってきていた。笑い合っていても、ふと顔を見ると笑っていなかったり、私とは違うことを考えている気配がした。私はそれがとても哀しかったが、スケキヨが離れていくことを望んでいる以上、どうすることも出来ないのだった。生まれつき私は黙って受け入れていくことしか出来ないのだ。

スケキヨが家を空けることが多くなると、私はよく体調を崩した。スケキヨが長い時間帰ってこないと、急に空気が薄くなったように感じて胸が苦しくなることがあった。もともと私は体が弱く、ちょっとしたことですぐ熱をだしたり、もどしたりもしていた。しかも一度熱をだすとなかなか引かず、暑い夏は体力をすり減らしていた。

熱がでると、私は台所の裏口から出て、水路に面した水場によろよろと降りていった。水場から少し離れた木の枝が覆いかぶさっている辺りに気配を感じた。水の流れがうねっている。呼吸を整え、声をあげた。

「蓼原《たではら》」

あたりは蟬《せみ》の声と緩やかな水の音のみが流れている。水面で光がきらきらと瞬き、私の暗闇に馴染《なじ》んだ目を刺した。私は確信を込めて、もう一度声を張りあげた。

「蓼原。いるのでしょう」

しばらくして、とぽりと櫂《かい》が水に差し込まれる音がした。屋根のない三人程度がやっと乗れるくらいの小舟が茂った枝の下からすうっと現れ、滑り込むように水場の横に止まった。滑らかな小舟の動きに似つかわしくない、寝ぼけ顔の男が目やにを指先で取りながら、媚《こ》びるように笑った。舟も男ももう若くはないという年だ。

「へへ、嬢ちゃん、申し訳ありやせんねえ、寝ちまってましたわ」

「ええ、顔を見たら判るわ」

「昨夜《ゆうべ》は出入りが多かったもんで、あっち行ったりこっち行ったり、寝る間がありやせんでしたからね。で、どうしました？　その様子だとまたお熱ですかい」

「そう。スケキヨの居場所わかる？」

「へへ、わかるも何も。何故、坊《ぼっ》ちゃんがあたしを昼間ここに居させるとお思いで？　お任せくだせえ、すぐに連れて帰ってきて差し上げますよって」

そう言うが早いか、蓼原はすぐに舟の方向を変えようとした。その小柄な体の割りにごつごつ節くれだった大きな手を、私は慌てて制した。曲がった首を一層引っ込めて、驚いた顔で私を見上げる。蓼原を見る度、私は善良な亀を思い浮かべてしまう。

「……スケキヨは迷惑じゃないかしら？　本当は呼ばれる度にうんざりしているんじゃない？　蓼原、本当のことを教えて」

蓼原は一瞬、ふいをつかれたような顔をしていたが、ひゃひゃと笑った。スケキヨの与える煙草《タバコ》のせいか、蓼原はいつもしゃがれ声で、笑うときですら空気が洩《も》れたように しか聞こえない。蓼原は制した私の手をそっと放すと、軽く私の腕を撫でた。

「そんなこと、あたしなんかよりずっと嬢ちゃんが知ってるこっちゃないですか。具合が悪くて、心細うなってるんですね。さあさ、ここはあたしに任して、ゆっくり待っとってくだせえ」

蓼原の小舟はくるりと方向を変え、水鳥のように水面を滑り、あっという間に見えなくなった。私はその舟の残した水のうねりをぼんやりと眺めていたが、それもすぐに水路の流れに呑み込まれてしまった。私はゆっくりと部屋へ重い身体を運んだ。


蓼原の言った通り、すぐにスケキヨは帰ってきた。

私のおでこや首に手を当て、脈を取り、胸に耳を近づけ、ひとしきり考え込むと、少し安心したような表情を浮かべ、下の台所に降りていった。たいした事はなさそうだったので、私は気が重くなった。最近はスケキヨに頼りすぎている気がした。スケキヨは私に頼ることなく過ごしているというのに。スケキヨは戻ってくると、薄荷の匂いのする油を喉《のど》とこめかみに塗ってくれた。すうすうと涼やかな空気が身体からたち昇り、気だるい身体が少し軽くなる。

「気持ちいい」と言うと、スケキヨはにっこりとした。スケキヨからは湿った土の匂いがした。着物にも所々土が付いている。

「土を掘っていたの？」

「うん、まあ、そんなところ」

曖昧《あいまい》に答えながら、スケキヨは細い針のような葉っぱをすりこぎで磨《す》り潰し、そこに一匙《ひとさじ》の蜂蜜を入れて練り混ぜた。

「いつも、たいした事ないのに呼んでしまってごめんね」

私はスケキヨの手元から目を逸らしながら言った。スケキヨが手を止める気配がした。

「何かあったらいつでも呼んでくれていいよ。そのために蓼原に昼間ここにいてもらっているのだから。それに、たいした事がないのが一番良いことなのだし、気にしないで」

いつも通りの穏やかな声だった。スケキヨの方を見ようとすると、蓼原が湯気のたつ土瓶を持って入ってきた。日に当たった落ち葉のような香ばしい匂いが部屋に広がる。

「ほうら、あたしの言った通りでしょうが」

ひゃひゃひゃと笑った。

「蓼原、中に入って来たら婆に怒られるわよ」

蓼原は何らかの事情で本土を追われ、島に住み着いた人間だった。島の人間は本土の人間に対し警戒心が強く、島に住み着く客以外の人間を「根無し者」と呼んで煙たがった。特に気難しい婆は彼らを疎んじていた。

「それが婆は最近妙に寛大なんだよ」

蓼原から土瓶を受け取りながらスケキヨが言った。

「そうなの？」

うんうんと蓼原は頷き、私達から少し離れた所にあぐらをかいた。彼は座っていても立っていても背が曲がっている。

「そうなんだ。明日も一日店を空けることを許してくれたし、気味が悪いくらいだよ。そうそう、白亜、明日は大仕事になりそうだから蓼原を連れていくよ。だからこれを飲んで早く元気になってね」

スケキヨはさっき磨り潰した草と蜂蜜に土瓶から薄茶色の湯を注ぎ、匙でくるくると混ぜて私に手渡した。

「熱いから気をつけて」

スケキヨ手製の木匙は私の手にぴったりと馴染む。私は青臭くほの甘い液体をすくって口に運んだ。

「でも婆が蓼原のことに目をつぶってくれるのは正直ありがたいな。おおっぴらに蓼原にいろいろ手伝ってもらえるし。大体、浮島暮らしの人間が、根無し者だなんて差別するのも変な話だしね」

「スケキヨ、婆に何か飲ませたの？　癇《かん》の薬とか」

「毒もって弱らせたんでしょう、坊ちゃん。ありゃ今までにない様子でしたしね」

私と蓼原が笑うと、スケキヨは真顔で「その手があったか」と呟いた。

「……坊ちゃんが言うとしゃれにならねえ」

「信用がないな。冗談だよ」

スケキヨが困った顔をした。スケキヨは最近、背が日に日に高くなっていって、顔も面長になってきており、困った顔をしても今までのような無防備な子供っぽさが見え隠れすることが少なくなってきていた。

「いやいや、信用してますよって。なんせ坊ちゃんは命の恩人だ。この蓼原、坊ちゃん、嬢ちゃんのためなら何なりとしますよって」

「本当は煙草のためじゃないことを祈るよ」

「何を言うんです坊ちゃん！　あたしを信じて下さいよ。坊ちゃんはそこらのただの餓鬼じゃねえ、なんていうか計り知れない所があるんですよって。まあ、あたしはそこに惚《ほ》れてるんですがね。まあ、そこが逆に怖かったりもするわけですよ。なんにせよ、あたしは坊ちゃんにどこまでもついていきますよって、信用してくだせえ。そうだ！　明日の仕事、あたしは何をしたらよろしいので？」

焦った蓼原はスケキヨににじり寄りながら、そうまくしたてるとスケキヨを凝視した。

おでこにしわを何本も作って、精いっぱい目をむき出しながら。スケキヨは涼しい顔をしながら、すりこぎやら土瓶やらをお盆の上に片付けていた。

「祠の森の大木を伐《き》り倒すんだ」

　瘦せぎすで小男の蓼原は、悲痛なほど情けない表情を浮かべた。

「……ちょっと坊ちゃん、そりゃあたしには……」

「もちろん僕らだけでは無理だ。もっと人手がいる」

「誰が手伝ってくれますかねえ……あそこの木はかなりでかいですよって。しかもあその祠には化け物が棲んでいるって噂で……皆、近寄りたがらねえですよ」

「獏か、まだみんな信じているのか。やれやれ。まあ、作業は昼間だし大丈夫だろう。それに、別に木材が欲しいわけじゃないから、大工の親方にでも声をかけてみるよ」

「……木材がいらねえのに、なんで木を伐るんで？」

「樹脂の結晶が欲しいのさ、どの木にするかはもう目星をつけてある」

「結晶……？」

　蓼原がこれ以上ないくらいに困った顔をして、私に何か言いたげな顔を向ける。私は首を振って静かに笑顔を作り、スケキヨの薬を飲み干した。スケキヨはこうと決めたら諦めることを知らない。そしてスケキヨの思惑など探っても無駄な事だった。その時、階下から二、三人の男達の声がした。

「おい、スケキヨ居るのか？　肩やら足やら打っちまってよ、痛みが引かねえんだよ。ちょっと見てくれよ」

スケキヨはわかったと答えると、てきぱきと言った。

「蓼原、庭にいってハコベと枇杷《びわ》の葉を採って、僕の押入れからひょうたんの黒焼き、朝顔の種を持ってきてくれ。あと、台所から小麦粉と酢も」

「小麦粉？」

「湿布を作るんだよ」

そう言うと、スケキヨはにっこりと笑いながら私を見た。

「ほら見た？　白亜、人手が集まった」

蓼原がやれやれと苦笑した。

「本当に坊ちゃんは計り知れねえ」


スケキヨの作る薬が評判になったのは、蓼原の命を救ったからだった。

その年の雨季はひときわ長く、じめじめとした空気が島の人間を病気がちにさせていた。冴えない天候は人の心に不安の影を落とす。人々は流行病《はやりやまい》が発生することを恐れていた。そんな時、水門近くの渡し守小屋で流行病が発生したと噂がたった。その病人が蓼原だった。

渡し守をやっている人間は、蓼原のように本土を追われてきた人間が多かった。彼らは寄り集まって、水門近くの大きな水路沿いに小屋を建てて暮らしている。もっとも素性の知れない彼らを悪く思う島の人間は多く、その小屋も度々迫害に遭うため、渡し守達はよほど天候が悪いときしか小屋を利用しなかった。彼らは大抵、舟で寝起きをしていた。

その渡し舟が一艘《そう》、ここ数日無人のまま小屋の前の水路に繋がれっぱなしであった。そして、他の渡し守達も大雨の中、その小屋に近寄ろうとしないというのが噂の原因だった。

島の自治組織の男衆が小屋の様子を見に行き、慌てふためいて戻ってきた。中に入った一人が言うには小屋の中にはすごい腐臭がたち込めていて、人間のうめき声が聞こえたという。それは、まともな人間の言葉には聞こえなかったそうだ。降り続く雨が、島の人間の恐怖を増長させた。しかも、次の日、小屋の中に入ったという男の足に出来物ができたことから、島の人々は流行病だと確信した。小屋が水門の近くの水路沿いにあることから、水路の水を伝って病が島中に伝染するのではと騒ぎだす人々もいた。

私は部屋で店に来る人々の噂話や町の騒ぎをぼんやりと聞いていた。スケキヨはその頃、一人で憑《つ》かれたように祠に通っては書物を読み、いろいろな試行錯誤を繰り返していた。

その日、スケキヨはびしょ濡れで帰ってきて、すぐに私の部屋に上がってきた。そして、今晩婆が寝静まったら、渡し守達の小屋に行くから準備を手伝って欲しいと私に告げた。

「伝染するわ……」

青ざめて言葉がうまく出てこない私に、スケキヨは言った。

「あの小屋を中にいる人間ごと、明後日《あさって》焼き払うことが決まったみたいなんだ。流行病だと決まったわけじゃないのに。僕の読んだことが正しいかどうか試してみたい」

「でも、小屋に入った人の足に何かできたって……」

「それなら今、見てきた。あんなのただの水虫さ。柘榴《ざくろ》の皮でも燻《いぶ》して貼《は》っておくといい。大体あれが流行病のせいならば、あの水虫男も焼いてしまったらいいんだ。病のせいにしてあの小屋をやっかい払いしたいだけさ。この島の人間のそういう所が愚かなんだ」

珍しく苛々した口調でスケキヨは言った。止められそうもなかったので、私も一緒に行くと言ったが、それも拒否された。

「もし伝染する病気だったらすぐに出てくるから。白亜は僕が出て来なかったら、早まって火をつけようとする人がいないか、町の様子を見ていて欲しいんだ。だから荷造りだけ手伝ってくれたら、後はここで待っていて欲しい」

スケキヨはもう全ての段取りを決めてしまっていて、頑としてそれを変えるつもりはないようだった。私はしぶしぶ頷くしかなかった。

スケキヨは店の七輪から鍋《なべ》、お玉といったものまで担いで、雨の中、小屋に向かった。その後の二日間は拷問のように長く感じられた。スケキヨが逃げたと勘違いして喚《わめ》きたてる婆の声も全く耳に入らなかった。スケキヨを失ってしまったら、一体どうしたらいいのか。明確な答えを何ひとつ導き出せないまま、不安ばかりが頭を駆け巡った。


二日後の夕方、松明を片手に小屋の前に集まった人々の前に蓼原は姿を現した。自力で小屋の扉を開けて。やつれてはいたが、笑顔でしっかりと立っていた。集まった人々は呆気《あっけ》に取られて立ちすくんだ。そして、蓼原の後ろからスケキヨが眠そうに欠伸《あくび》をしながら出て来た時、人々はどよめいた。人々の群れとどよめきが壁のように私の前に立ち塞《ふさ》がっていて、スケキヨの名を呼ぶ私の声は簡単に掻き消されてしまった。松明に照らされ、大人達に囲まれたスケキヨは随分と遠く感じられた。

後に蓼原は私に言った。

「最初、坊ちゃんが小屋に入ってきた時、正直あたしはふざけるな餓鬼、と思いやしたよ。遊びじゃねえって腹たって怒鳴りつけやしたよ、全く言葉にゃなりやせんでしたがね。口がねばねばしてろれつが回らなかった。坊ちゃんは涼しい目をして、じっとあたしを見下ろしていやしたよ。指先と白い顎の先から滴《しずく》がぽたん、ぽたんって落ちていて、頭がぼんやりしていてうまく音も聞こえねえはずなのに、そん水音だけはえらいでっかく聞こえて不思議な気分になっちまった。あたしが黙り込むと、坊ちゃんは言った。あんた、死ぬよって。自分にはあたしがどんな風に死んでいくかが手に取るようにわかるって淡々と説明するんですわ。あたしは止めてくれって怒鳴った。坊ちゃんは笑って言いやしたよ、心配しなくてもそんな苦しみが来る前にここは火にまかれるからさ、煙を吸って一瞬で死ねるさって。この島の奴らだったらやりかねねえ、がっくりうな垂れたあたしに坊ちゃんは近寄ってきて、死にたくなきゃ僕の言うことを聞くんだ、僕だって命かけてここに来たんだ、お互い遊びじゃないって真剣な顔で言ったんです。ありゃ子供の顔じゃなかった。それで、あたしはそん時、腹をくくったんでやす。坊ちゃんはえれえ人ですよ、まったく。誰も彼も、同じ渡し仲間ですら見捨てたあたしを助けてくださった」

返事の代わりに私は笑った。蓼原の事件以来、スケキヨの周りには大人が集まった。今まで存在していても、ほとんど見ないふりをされていたのが、今や近所ではスケキヨの名を知らぬものはなく、体に何かあれば相談に人が訪れた。大人の壁にさえぎられて子供達はまったくスケキヨに近づけなくなった。スケキヨは自分のしたいことに没頭できる空間と時間を手に入れることが出来た。計画通りに。

人に注目されようが、無視されようが、どちらでもスケキヨは何とも思わないようだった。スケキヨはいつだって自分の周りの状況をうまく利用した。しかし、そんな状況ですらもスケキヨが意図して作り出したものが多かった。そして、それはスケキヨの思惑通りの結果しかもたらさなかった。それ以上でも、それ以下でもなく。スケキヨは周りの人間など見ていないのだった。無意味な期待や絶望などしなかった。スケキヨははるか遠くのことをいつも見ていた。私は知っている。だから蓼原の言葉に何も答えず、笑ったのだ。あの日、渡し守の小屋から出てきたスケキヨが何を見ていたか。

この島にはデンキがない。

正しくは「デンキが通っていない」というのだとスケキヨが教えてくれた。デンキは通るものなのだと。本土では雷を捕まえて管に通して球に入れ、それを灯りとして使っているのだとスケキヨは言った。だから、本土の灯りはここのものと違って白く激しく光るのだと。確かに祠のある山の上から見る本土の光は、ここのぼんやりとした紅《あか》い灯りとは明らかに違った。

スケキヨは時々、夜中に祠に行って、法螺貝を吹いた。私も婆が寝ていたらついていった。そして、いつしか本土のデンキを眺めるのが癖になった。スケキヨは相変わらず月ばかりを見ては名前を付け、手帳に書きつけていた。デンキを見る癖は大きくなっても抜けず、私は遊女になってからも客の少ない晩は許可をもらい、渡し舟に乗ってデンキを見に行った。

デンキは周囲に真っ直ぐな線をいくつも伸ばし、強く白く夜闇に光っていた。まるで空の雷に帰ろうと必死に闇を探るように。本土はデンキを通すためにありとあらゆる所に管が通っているそうだ。「なんだか窮屈だね」と、スケキヨは言った。私達は雷が好きだった。雷魚が操ったといわれる空を切り裂くその堂々とした姿に惹かれた。空を走る美しい雷が、管に詰め込まれ通されるなんてなんだか可哀想《かわいそう》に思えて、いつしか私達はデンキは「走る」と言うようになった。

私がデンキに見惚《みと》れるのはもうひとつ、理由があった。

デンキはスケキヨに似ていた。いや、スケキヨに時折デンキが走ることがあった。雷が自ら望んでスケキヨに囚《とら》われたように。スケキヨの内をデンキが走りぬけ、皮膚の上でちかりと光を放つ瞬間があった。それを、私はありありと見ることが出来た。それは主にスケキヨの極端な感情の変化の時に訪れるように思う。でも、私がはっとしても、周りの人間は誰も気がつかないようだった。

スケキヨの放つデンキは一瞬光ると、外側の方から粉々になり、埃よりも小さな欠片《かけら》となって空気中に散らばると、最初は時間が止まったかと思うくらいにゆっくり動き、それから気を取り直したように素早く掻き消えるのだった。一陣の風のように。

たまに、スケキヨのデンキはすごい速さで私を貫くことがあった。そんな時、私は自分という存在を一瞬忘れてしまいそうになった。全てのものから放たれた気分になった。一瞬、自分の存在が空に散って一回りして、また帰ってきたような。着物も皮膚も肉もべりべりと引き剝がされて、身体が軽くなったような。そんな目が覚めるような激しい力を私に与えた。

スケキヨが薬を作ることが島中に認められ、蓼原という手足も出来て、全てはうまくいくように思えた。

しかし、やはり私達の境遇は本質的には変わらず、子供故の読みの浅さの報いはある日突然に訪れた。

スケキヨが売りに出されたのだった。

私もそしてスケキヨ自身でさえも、売り物であるのは私だけだと信じて疑ったことは無かった。スケキヨは店の手伝いをしながら、島の人間として生きていくのだと思い込んでいた。今になって思えば、スケキヨの白い肌も、整った顔立ちも、婆に教え込まれた礼儀作法も、店の手伝いだけをして生きていくのには相応《ふさわ》しくなかったものだと解るのだが、そのころの私達には想像もつかないことだった。

私の動揺を恐れて、婆は何日かスケキヨを売った事実を隠そうとしていた。私が寝込んでいる間にスケキヨの荷物は片付けられ、山のようにあった壜に入った草や実や木の皮や薬を作る道具なども蓼原によって運ばれていた。

スケキヨは抵抗したのだろうか。泣いたり、取り乱したりしたのだろうか。持ち物が何ひとつ無くなった、空洞のようなスケキヨの作業部屋に立ちすくみ、私がその事実を知った時、スケキヨが何を思って売られていったのか、知る手がかりは一切残っていなかった。一通の手紙すら残されていなかった。

「どこに売ったの!?」

私は無視されても、何度もしつこく婆を問い詰めた。婆はスケキヨの空になった押入れを、わざと大きな音をたてて閉めながら、うんざりした顔で言った。

「お情けで食わせていたわけじゃないことは、最初から言ってあっただろう。いまさらなんだい。スケキヨを買いたいって話がでたんだよ。お前と違ってスケキヨは今が一番高値がつく時期なんだよ。その分、年季明《ねんあ》けもお前より早い。頑張って働けば、そのうち自由にもなれるだろう」

「でも……スケキヨは薬も作れるし、お店だって手伝えるし……売らなくたって……」

「それが何だって言うんだい」

婆は私の言葉をさえぎって言った。

「まったく。馬鹿だね、お前は。あたしゃもう年だから、ずっとしんどい思いして店なんかやりたくないのさ。何のためにお前達を拾ったと思ってるんだい。スケキヨの薬なんか今はみんな珍しがっているけどさ、いつまで続くかわかりゃせん。それに薬作りなんてここじゃなくたってできるだろうさ。あたしゃスケキヨのせいで、わけのわからん連中がうちに出入りするなんてもうまっぴらさ」

婆はがみがみと言った。少しは罪悪感があるのだろう、まったく目を合わせてくれようとしない。この所、婆が寛容だった理由がやっとわかった。自分の鈍さにうんざりした。かさかさとした焦りが自分の中に溜まっていくのを感じた。そしてそのかさつきは、自分の肌に爪を突きたて、掻《か》き毟《むし》りたい程の苛立ちに変わった。

「スケキヨはどこ」

「お前もしつこいね……」

私は部屋から出て行こうとする婆の着物の襟首を摑んで、向き直らせた。

「スケキヨの居場所を言いなさい」

婆の乾き弛《たる》みきった頰の肉がひきつった。乱れた着物の襟元から、羽を毟られた鳥のような骨ばった首があらわになっている。それを見ると、ひどく凶悪なものが内から湧きあがってきた。胃袋が裏返されたように強烈な吐き気がして、血がやけに大きな音をたてて流れ、指先に集まり、手が震えた。かさつき、骨に張り付いただけの婆の皮膚を剝ぎ取ってやりたい。脂気を失った灰色の髪も引きちぎってやりたい。想像したのと同時に私の指先に婆の肌の感触が走った。私は思い切り指先に力を込めた。強烈な憎しみを逃すまいとするように。

野犬に襲われた雄鶏《おんどり》のような、凄まじい金切り声が空気を切り裂いて、曇った私の視界を払拭《ふっしょく》した。私の身体は突き飛ばされ部屋の中に転がった。一瞬、息が止まる。勢い良く滑る音が聞こえて起き上がると、部屋の扉が閉まっていた。外で錠前の金属の音がせわしなく鳴っている。私は扉に体当たりした。ざらついた木の扉に爪をたて、足で蹴《け》り続ける。スケキヨの作業部屋は元物置だったので、板の間で頑丈な造りになっていた。外から鍵《かぎ》をかけられたら、扉や壁を壊すことは不可能だった。

「諦めるんだね」

外から擦《かす》れた婆の声がした。

「見つけ出したって連れ戻すことなんか出来ないさ。スケキヨだって新しい場所のしきたりに慣れなきゃならない。今、お前に会ったって惨めなだけさ。そのうち仕事に慣れたら会いに来てくれるさ。それに、お前だってそのうち、人の心配なんかしていられなくなるだろうよ」

声はだんだん遠ざかっていった。

「そこでしばらく頭を冷やすんだね。自分の境遇ってものをしっかり噛み締め直すがいい。あたしに怒りを向けたってなんにもなりゃしないこと、お前はわかっていたと思っていたんだが……。まったく……」

婆の呟きが遠ざかっていく間も私は扉に体当たりをしたり、部屋をぐるぐると走り回ったりしていた。身体からおかしな熱気が噴出して抑えられない。一瞬もじっとしていられないくらい。こんなことは初めてだった。指先が確かなものを凶暴に求めている。だが、部屋にはあきれるくらい何にもなかった。私の指は虚《むな》しく壁を彷徨った。何でもいい。確かなものを握り締めたい。抱きつき、爪をたて、口に含み、嚙み締めたい。私にとって確かなもの。それはスケキヨだ。スケキヨ、スケキヨ、スケキヨ。喉に酸っぱいものが込みあげてきて、私は床に突っ伏して嘔吐《おうと》した。胃液と涙がぼたぼたと床に垂れる。息が荒い。身体が熱い。興奮しすぎだ。スケキヨの涼しげな目元と冷たいつるりとした肌に冷やしてもらいたい。水のような滑らかな手つきで、私の頬や背中や髪を撫でて、気を鎮めて欲しい。そう、水の流れのような。

私は振り返った。扉の反対側の窓は水路に面している。立ち上がると、光のほうに真っ直ぐ向かった。ここは二階だということが、不思議なくらい実感がない。窓を開け、片足を窓枠にかけると、下も見ずに私は光の中に飛び込んだ。

水路の流れは思ったより速く、水はぬらぬらと重かった。泳ごうとするのだが、着物が肌に張り付きうまく手足が動かず、焦れば焦るほど水を飲んだ。飛び降りた時に腰と足をひどく打ちつけたようで、痺れたように下半身に力が入らない。捉《とら》え所のない水に、感覚のない足で流れを作ろうとしたが徒労だった。時折、何かが指に触れる度、摑もうとしたが、どれもぬるりと手を擦り抜けていく。身体をじたばたとさせながら、水に押し潰されるように流されていった。小さな羽虫のように。意識が遠くなりかけた時、強い力が私の身体にかかって半身が水から引き上げられた。身体がぐんと重くなり、硬いものに打ち付けられた痛みがあちこちに走って、気がついたら湿った舟底に転がっていた。咳《せき》と共にごぼごぼと水を吐く。

やっとまともに息が出来るようになって上半身だけなんとか起こすと、いつの間にか舟はその動きを止めていた。水底に立てた櫂を抱えながら、蓼原が暗い顔をして上から私を眺めている。

「なんて無茶をなさるんです……嬢ちゃん」

私は言葉を出そうとしてまたむせ込んだ。熱い涙が、濡れて冷えた頰を伝った。蓼原が慌ててしゃがみ込み、私の背中をさすってくれた。その手は不器用でごつごつしていて、私は無性に悲しくなった。獣のような呻《うめ》き声が喉から洩れた。私は泣いていた。

「何も言わんでいいですよって、わかっとりますよって。坊ちゃんの事知っちまったんですね。ああ、やっぱりこの辺に居て良かったですわ。なあんとなく嫌な予感がしてましたんですわ」

嗚咽《おえつ》を呑み込み、無理に息を整えると、私は蓼原にしがみ付いて言った。

「スケキヨの所に連れていって」

蓼原は婆と同じように目を逸らした。

「行ってどうするんですかい」

「私もそこで働くわ」

「それは出来やせん」

「何故？　私にまだ月水が来ていないから？　そんなの、そのうち来るわ。それまで小間使いをやるわ、スケキヨと一緒に」

「嬢ちゃんは坊ちゃんの居る店では働けないんですよって……」

「だから、何故!?」

私は声を荒らげた。蓼原は身を縮こまらせて、頭を抱え込んだ。

「勘弁して下せえ、嬢ちゃん。坊ちゃんにあたしはきつく口止めされているんですよって。五、六年の辛抱ですから。年季明けしたら、坊ちゃんは必ず帰ってきますよって。それまで、嬢ちゃんは何も知らんでいてくだせえ」
五、六年の辛抱と聞いて心臓が凍りついた。
「スケキヨは遊女屋の妓夫か小間使いになったんじゃないのね……まさか……」

「ああああ、嬢ちゃん頼みますから、何も知らないふりしていてくだせえ。頼みます。

頼みますよって」

蓼原は私の手を握り、額をこすりつけ、何べんも頭を下げた。私はその手を振り払って蓼原の肩を摑み乱暴に揺すった。

「裏華町《うらはなまち》に売られたのね！　陰間《かげま》にさせられたのね！　そうなの!?　そうなのね！　私の目を見て、はっきり本当のことを言いなさい！」

蓼原はがっくりと肩を落とした。歯を食いしばったが、またもや嗚咽が洩れて私は吐くように泣いた。泣きながらも狂ったように蓼原を揺すり続けた。

「スケキヨを助けて。あんな所で生きてはいけないわ。スケキヨはあんたの命の恩人なのでしょう？　だったら助けて。私達をこの島からあんたの舟で逃がして、お願い」

蓼原は随分長い間、黙っていた。だが、やがてぽつりと言った。

「この島から出て、どこに行けるってんです」

それは、まるで自分に言い聞かすようでもあった。重く黒い石が水底に静かに沈んでいくような威圧感が漂っていた。

「本土に行って暮らすわ」

「それは出来やせん」

「どうして？」

「嬢ちゃん達には身分証がないですよって。もちろん、あたしにもね」

「身分証……」

蓼原はぼんやりとした目を水面に向けて、大きな溜息をついた。私は涙を拭って立ち上がった。蓼原がおずおずと首を縮めたまま、私を見上げる。

「じゃあ、私をスケキヨの店に案内しなさい」

私は蓼原を睨みつけながら言った。

「嬢ちゃん……坊ちゃんの身にもなってくだせえ……何故何も言わず行ったと思い……」

「私達を連れ出すことも、私をスケキヨの元に案内することも出来ないのだったら」

私は蓼原の言葉をさえぎった。

「私の顔をその櫂で売り物にならないくらい叩《たた》き潰して、私を川に捨てて。それも出来ないなら、二度とスケキヨのことを命の恩人だなんて言わせないわ。さあ、あんたに出来ることを選びなさい」

蓼原は私の顔から目を逸らさなかった。日に焼け、落ちくぼんだ小さな目が僅かに見開かれたまま、私の顔を凝視している。濡れた髪から水が滴って目に流れ込んできたが、私も蓼原から目を逸らさなかった。やがて、蓼原は呟いた。

「わかりやした。坊ちゃんの所にお連れいたしやす。ですが、たとえ行っても、会わせてもらえるかどうかはわかりやせんが……」

こんなうらぶれた島にも一応の秩序はあった。主に漁師の男達が運営する自治組織があり、島の決まり事や揉《も》め事を管理していた。遊女屋やその周りで飲食店を営むものたちは定期的に自治組織にお金を納めており、その代わりに客の起こす暴力行為や娼婦達の不祥事の後始末を彼らにしてもらっていた。

また、本土から役人が来て、形ばかりの臨検が年に何回か行われることもあった。その時も全て自治組織が間に立って、事無きを得ていた。遊女屋にとって自治組織はなくてはならない存在だった。

本土では公娼制度をとってはおらず、法に触れることなく遊女遊びをしたい者は、表向きは存在しないことになっているこの島に来る以外に自由に遊ぶ術はなかった。この島は一応、制外地であったから。そして、その本土の人間を店に斡旋しているのも自治組織だった。上客を取るには自治組織の御墨付きにならねばならず、大きな水路に面して並ぶ遊廓街は自治組織の機嫌取りに必死だった。

しかし、その自治組織の秩序が唯一及ばない場所がこの島にはあった。それが裏華町と呼ばれる場所だった。水門や水路、遊女屋などが本土の対岸に向き合うように集結しているのに対し、裏華町は本土から離れるように、荒れた広い水面に面して、島の反対側の場所に存在していた。

そこには様々な嗜好《しこう》に合わせた店があるとの噂だった。中でも変声期前の幼い少年を男娼として扱う陰間屋は有名だった。流石《さすが》にこの島でも子供の身売りは認められていなかったが、裏華町は自治組織の管轄ではなかったので、子供の身売りも麻薬の売買も黙認されていた。そのせいで、そこは無法地帯と呼ばれ、島の人間も近寄ることはめったになかった。

だが、裏華町に本土の臨検が入ることはなかったし、さびれることもなかった。多分、裏華町は自治組織を通すことなく、本土の何かと繋がっているのだろうと言われていた。自治組織は基本的には島の人間の暮らしのためにあった。だから、本土からのやっかい事からも不審者からもある程度は守ってくれるのだ。しかし、裏華町では本土でも認められていない、きな臭い事が充満していると言われていた。まさに掃き溜めのように。そこに売られていった者は、まともな姿で帰ってくることはなかった。

裏華町に続く乾いた原野の荒れた道を私達は無言で歩いた。

舟で行かないのか、と聞くと「この時間は目立ちますよって。それにあっちの岸は岩だらけで波も高いですし、この小舟じゃ嬢ちゃん酔いますよって」と、蓼原は答えた。

肩を落とし、背をいつもより一層丸めながら、蓼原はとぼとぼと歩いた。だが、道が分かれていても迷うことも悩むこともなく、その足取りは緩まなかった。きっとスケキヨの荷物を何遍も往復して運んだのだろう。それにしても、蓼原は裏華町について詳しすぎる気がした。裏華町について、そして、蓼原の過去について、聞いてみたい気もしたが、話すのは億劫《おっくう》だった。

蒸し暑く、湿った着物はなかなか乾かず、体にべたべたと張り付いて不快だった。腰や足もひどく痛んだ。水路に飛び降りた時、打ってしまったのだろう。何より、身体が妙に熱っぽく、どんよりと腰周りが重かった。変に汗が噴き出て、私は何度も立ち止まっては息を整え、汗を拭わなくてはいけなかった。

蓼原は心配そうにはしていたが、覚悟を決めたのかもう私を止めることはしなかった。何回かおぶいましょうかと言ってくれたが、私は黙って首を振った。身体のしんどさに意識が向いているほうが、スケキヨの事を考えるより気が楽だった。正直、スケキヨに会って自分はどうしたいのか、何を言ったら良いのか、何もわからなかった。私が何かしてあげられるわけもなかったし、共に逃げる術も浮かばなかった。私はただスケキヨを自分の目で、そして身体で確認したかった。スケキヨに会えば、お互いの姿を確認することが出来れば、何らかの答えを私達は見つけられる気がしていた。間に合わせのものでもいいから。

日に当たりすぎて目がかすんできた頃、石垣にかこまれた集落のようなものが見えてきた。乾ききった、黄色い砂埃の舞う町だった。どの家も黒っぽく見える。よく見ると、窓という窓や通りに面した壁が、てかてかと光る赤黒い格子のようなもので覆われ、中が見えなくなっているせいだった。町には人の姿がまったくなかった。全ての家と家の間には細く長い通路がついていて、その奥は昼間だというのに暗く、ぼんやりと紅い灯りが揺れていた。

「あんまりじろじろ見たらいかんです」

珍しく蓼原が刺すように素早く言った。

「誰もいないように見えるでしょうが、中からあたしらはしっかり見張られてますよって。外からは見えやせんが、中からは見える造りの格子なんですよって」

そう私に耳打ちした途端、六歩くらい前の細い路地から三人の男達が出てきた。

「よう、お前、女衒《ぜげん》か？　後ろの小娘売りに来たのか？」

三人の中の顎の尖った背の高い男が、蓼原の前に立ち塞がって言った。剃刀《かみそり》のような鋭い印象の男だった。さっぱりした洋服を着ている。私は島の人間で洋服を着た人を見たのは初めてだった。足元も草履ではなく、革の靴を履いている。その靴が砂埃で所々白っぽくなっていた。

私と蓼原が立ち尽くしていると、いつの間にかもう二人の男が後ろと横に回りこんでいて、すっかり囲まれてしまっていた。後ろに回りこんだでっぷりとした恰幅《かっぷく》の良い男が、じろじろと私を見て笑い声をあげた。この男は島の男たちのように、丈の短い着物を着て草履を履いていた。

「おっさん、売りに来るんだったらもう少し小綺麗にして連れて来いよ。汚れきった濡れ鼠なんて、よっぽどの物好きでも買わねえぜ」

「おい、でもこの娘なかなかいい顔貌《かお》してねえか、ちょっと顔色が悪いけどよ」

私の横にいた浅黒い、機敏そうな男が、私の顔にかかったほつれ毛を手であげようとした。蓼原は慌てて私を引き寄せた。蓼原の素早い動きに、男達が少し身構える。

「この子は売り物じゃねえです。あたしはこの子のお付きのものですよって。あたしら、ちょっと野暮用がありやして来ただけです。すぐに帰りやすから、通して下せえ」

蓼原は三人の顔を順番に見てへこへこ頭を下げながら言った。必死に笑みを作っている。その間、私は洋服姿の剃刀男をじっと見ていた。男は三人の中で一番、余裕ありげな表情を浮かべていた。まるで、この町のことなら全て知り尽くしているかのような。

私の視線に気付くと、剃刀男は口の端を斜めに歪《ゆが》めて笑った。

「こんな所に何の用だ、お嬢ちゃん？」

「私がその質問に答えたら、私の質問にも答えてくれる？」

生意気だと思ったのだろう。着物の男二人の顔から笑いが消えた。剃刀男は愉快そうに声をあげて笑った。

「なんだあ、そりゃ。お嬢ちゃん、駆け引きするにはまだ早いぜ」

「そう、じゃあ、私達には構わないで」

剃刀男の横を蓼原の手を引いて通り抜けようとすると、後ろの巨漢が大声をあげた。

「おらあ！　待てこら！」

蓼原の足が凍りついて、顔色が変わった。私は振り返って、でっぷり男を睨みつけた。緊迫した私達の間に、剃刀男が割って入ってきた。

「おい、まあまあ落ち着けよ小娘相手に。わかった、わかった、質問に答えてやるから、お前も何しに来たか教えろよ」

剃刀男は巨漢の胸を小突いて後ろに追いやると、私の前にしゃがみ込み、顔を見上げた。半袖から突き出た筋肉質な腕には、無数の傷跡があった。頬にも傷があり、精悍《せいかん》な顔立ちをしている。鋭い線で構成したかのような鼻筋や眉《まゆ》や額。ただ、尖った目の奥には知的な光が宿っているように見えた。

「数日前、この町に売られてきた弟を探しに来たの。名前はスケキヨ」

「へえ。で、お前の質問は？」

「スケキヨに会わせて」

剃刀男は尖った顎をぽりぽりと掻いて、苦笑した。

「お嬢ちゃん、そりゃ質問じゃねえだろ」

私は唇を噛み締めて、剃刀男を睨み続けた。ここで引いたら、もう二度とスケキヨには会えないのだと自分に言い聞かせながら。この男は何か知っていそうに思えた。その僅かな勘に頼って、どんなことになろうと意地を張り通すつもりだった。

剃刀男は、はっと短く笑うと、私の頰を軽く二、三回叩いた。蓼原が自分が叩かれたわけでもないのに、その音に合わせて小刻みに飛び上がる。

「しょうがねえ奴だな、その根性に免じて特別に会わせてやるよ。本当は里心がついちまうから、しばらくは誰にも会わせねえんだがな」

そう言うと剃刀男は立ち上がり、着物の男達に声をかけた。

「おい。菊切《きくきり》んとこ行って、話つけてこい。今すぐにだ」

のんびり鷹揚《おうよう》に歩く剃刀男の後について、私達は裏華町の奥へ進んでいった。

蓼原は「嬢ちゃん運がいいですよって」とか「いやあ、肝を冷やしやした」とか私に耳打ちしたり、男達にへこへこ頭を下げては、弁解と感謝の言葉を述べたりしていた。多分、この状況に落ち着かないのだろう。浅黒い男は先に話をつけに行ったようだ。私達は前と後ろを剃刀男と巨漢の男に挟まれるようにして歩いていた。二人とも何も言わなかった。剃刀男は振り向きもしなかったので、その表情すら見えなかった。私は一層、腰周りが重くどんよりとしてきていて、吐き気もあり、ひたすら剃刀男の広い背中を追っていた。何も考える余裕がない。日差しが目の奥を刺し、頭の中で光が反転していて、焦点がうまく定まらなかった。

突然、尖った背中が止まった。顔を上げると、太った中年の男が、格子にもたれるように立っていた。その横に先程の浅黒い男が、険しい顔をして佇《たたず》んでいる。

「よう、菊切」と、剃刀男が声をかけた。

「餓鬼はどこだ？」

菊切と呼ばれた中年の男は、苦々しい顔をした。ずんぐりした指に挟まれた、太い煙管《キセル》から煙が立っている。男は光沢を帯びた、派手な布地の着物をだらりと着ていた。首には幾重にも大振りな飾りを下げている。

「なんなんだよ、突然、めんどくせえこと言いやがって。昼間っからやっかいごとはごめんだぜ」

「たいしたことじゃねえよ。ほんのちょっとこの嬢ちゃんが、お前んとこにこないだ入った餓鬼に会いてえってだけだ。弟なんだってよ」

菊切はじろっと私を見た。が、すぐに興味をなくしたように剃刀男に向き直った。

「ふん。身内か、きまりに反するな……」

「俺が許可するって言ってもか」

にやりと剃刀男が残忍そうに笑った。菊切の垂れた片目が、僅かに見開かれる。菊切はたるんだ頬を揺らして二、三度矢継ぎ早に煙管を吸うと、苛立たしげに煙を吐いた。きつい匂いが頭上から降ってきて、目に沁みる。

「わかった、わかった。お前ともめるのはまっぴらごめんだぜ。ただな、今ちょうど客が上がってるんだ、もう少し待ってくれ」

「どれくらいだ？」

「あと半切《はんきり》ってとこだな」

剃刀男は顎で浅黒い男を促した。「線香折ってこい」浅黒い男は目で了解を示すと、店の奥に消えた。菊切が溜息をついて、自分のでっぷりと突き出た腹をさすった。所在無げに何度も手を動かす。ここでは、線香一本が燃え尽きる時間を一切《ひときり》と呼び、一切いくらで売買がされていた。客が買った線香が燃え尽きると、その客の持ち時間も終わる仕組みだ。

私はスケキヨがもう働かされていることを知っても、驚く程何の感情も湧いてこなかった。ただ、気だるい身体を何とか維持させながら、何も言わず待ち続けた。頭の中が妙に虚ろだった。何かが浮かんでは消え、浮かんでは消えていたが、それが一体何なのか捉えることは出来なかった。私の頭の中は、どうなってしまったのだろう。何も摑めない。菊切が睨みをきかせながら「おい、ほんの一目会わせてやるだけだからな」と、私に言ったようだったが、全く何の反応も示せなかった。

「おい、お前どこか悪いのか？」

剃刀男が私に声をかけたとき、店から身なりの良い男が出てきた。明らかに島の人間ではなかった。首筋が日に焼けていない。男は外に立っている私達を見ると、一瞬ばつの悪そうな顔をし、肩に顔をうずめるようにして去ろうとした。いぶかしげな表情が浮かんでいる。菊切が慌てて頭を下げながら駆け寄った。

「やや、旦那《だんな》いかがでしたか？　あれはちょっとした掘り出し物でしてね。気に入りましたらまたお寄り下さいよ」

そのまま私達から少し離れた所で、二人は声を潜めてなにやら話し込み始めた。嫌な笑みが二人の顔に広がる。私は思わず顔を背けた。すると、剃刀男がこちらを見ながら何やら顎で促しているのに気がついた。

スケキヨだった。浅黒い男に腕を摑まれながら、店の敷居に立っていた。菊切が着ていたような、光沢のある、女物と見紛うような派手な着物を着ている。白い肌には薄く白粉《おしろい》がかかっており、唇は赤く、まるで血の気のない人形のようだった。そして、スケキヨには珍しく、ひどく狼狽した顔をしていた。血の気の無さは、化粧の所為《せい》だけではなかったかもしれない。目は怯えたように大きく見開かれ、薄くひらいた唇は僅かに震えているようだった。スケキヨのそんな表情は見たことがなかった。

暑い日差しも、虫の声も、周りの人間の存在も、全てが消えた。自分がひどい様相であろうことも、身体の重さも、スケキヨの放つデンキに吸い込まれていった。

ちりりちりりと、怯えたスケキヨの周りにデンキが舞っていた。思えば、スケキヨは何かに怯えるなんて事がなかった。いつも冷静だった。怯える前に解決策を探そうとする子だった。冷酷なくらいに。そのスケキヨが今は逆らうことが出来ない恐怖に囚われ、何も出来ないでいた。ただ、彼の周りのデンキだけが密やかに瞬いていた。蝶《ちょう》の翅が、その呼吸に合わせて震えるように。私だけにしか見えないデンキが。

私は手を伸ばして、それに触れようとした。

スケキヨがすがるような目で私を見つめた。一歩、私に向かって身体が動いた。


誰かが大きな声をあげたようだった。張り詰めた空気の衝撃があった。

スケキヨの動きが止まった。

菊切が私を乱暴に押しのけて、スケキヨの肩を摑んで揺すった。大声で何かを捲《ま》くしたてながら。その足音も、声も、何も聞こえなかった。ただ、押しのけられた振動が、風圧のようにわあんと身体を揺らしただけだった。剃刀男も蓼原も何か言ったようだったが、やはりわおんわあんと全てが混ざり合って、増幅して、やがて無音になった。

無音の中、スケキヨだけを見ていた。スケキヨのデンキが空気に消えていくのを。そしてスケキヨの表情も、消えていくデンキと共に、塗り込めたように冷ややかな無表情になっていくのを。

何も捉えられない朦朧《もうろう》とした私の頭に、スケキヨの声が切り裂くように届いた。

皆、黙って私とスケキヨを見た。喉を焼く乾燥した空気や日差しの眩《まぶ》しさが戻ってきていた。

「白亜」

「白亜、たくさん泣いた？」

「スケキヨ？」

嫌な予感がして、すがるようにただその名を呼んだ。妙なくらい日差しが眩しい。こんなにここは明るかっただろうか。こんなに私の声は大きかっただろうか。全てが過剰すぎる。遠くの虫の羽音まで聞こえる。スケキヨ、何かおかしい。

「たくさん、泣いたようだね」

静かだが、抑え込むようにスケキヨは言った。

私は否定することも肯定することも出来ずに、スケキヨを見つめ続けた。自分の鼓動の音が、耳を突き破りそうに響いている。スケキヨは私の視線から顔を背けた。何の未練もないかのように、あっさりと。

「だったら僕のことは忘れるんだ。前言った通りに」

スケキヨは無表情のままそう言い放つと、二人の男の手を払って店の中へときびすを返した。剃刀男が素早く駆け寄ると、スケキヨの襟首を掴んで振り向かせた。

「おい、なんだそりゃ」

スケキヨは剃刀男を睨みつけた。

「あんたが何を期待していたかは知らないけど、僕らの事は放っといてくれないか」

逆上しかけた剃刀男を、蓼原が慌てて止めに入った。スケキヨはもう私を見ようともしなかった。火照《ほて》っていた身体が指先からすうっと冷たくなった。皆の喧騒が硝子《ガラス》の破片のように頭の中に降っている。ちかちかと瞬きながら。足元を見ると、砂地の砂の一粒一粒が浮かび上がって光って見えた。その砂に注がれる日の光がどんどん白さを増して、目に見える全ての輪郭を消していった。やがて暗闇がゆっくり降りてきて、意識をすっぽりと覆っていった。倒れた時の地面の感触さえ、私は感じなかった。

眠りの中で、私は必死に誰かに詫《わ》びていた。現実ではないとわかっていた。だから伝わらないこともわかってはいたが、謝らずにはいられなかった。

忘れるつもりはないのだと。諦めるつもりもないのだと。

そんな事のために泣いたのではないのだと。私は必死に訴えていた。訴えながらも涙は頬を伝い、私は狼狽して、それを隠そうとするのだが、相手は全て気付いているようだった。失望の気配がした。青黒い闇の中を、それは揺らめきながら去っていこうとしていた。私が何か声をあげようとすると、それはちらりとこちらを見た。冷気を帯びた灰色の無機質な瞳が私の意識を貫いた。

小さく声をあげて目を覚ますと、いつもの見慣れた天井が見えた。婆の家の古い木材の匂いがする。自分の布団に私は横になっていた。部屋は暗く、外の空気は青みを帯びて、明け方に近い夜のようだった。水底のような。傾きかけた骨のように白い月が、窓の隅に引っ掛かっている。朝霧がたつ時のひんやりとした水の匂いが満ちだしていた。随分長く眠ってしまったようだった。夜の澄んだ空気のせいか、身体は随分軽くなっていた。しかし、昼間の裏華町の乾燥した光を思い出すと、また少し頭がくらりとした。

頭を振って、暗い部屋を見渡す。眠りの中で感じたものが、現実の世界にまだ漂っているような気がした。あれが、獏が喰ってしまうと言われている夢というものなのだろうか。目を瞑っているはずなのに、見えた、意識に触れた、温度を感じた。ふと、喉の渇きをおぼえて起き上がろうとすると、布団の傍らに誰かが座っているのに気がついた。

スケキヨだった。いつもの藍色《あいいろ》に染めた粗末な木綿の着物を着たスケキヨが、こちらを見ていた。静かに、姿勢良く座りながら。相変わらず、スケキヨは薄闇の中、僅かに光を放っているように見えた。

外も部屋も水の底のように無音だった。流れる雲が月の光を時折遮り、部屋の闇をゆらゆらと揺らした。言葉を発したり、音をたてたりしたら、何もかも壊れてしまうような気がして、私は布団に横になったままスケキヨを眺め続けた。これは、先程の眠りの続きなのだろうか。少しでも長く、壊れることなく保ち続けて欲しくて、私は息すら押し殺しながら、必死に目だけ凝らしていた。

やがてスケキヨは身を乗り出して私の顔を覗き込むと、手を伸ばして私の目尻に残った涙を優しく拭って、髪をゆっくりと撫でた。スケキヨの動きには不思議なくらい音がなかった。でも、スケキヨの手は白く柔らかく細やかで、私はまた涙がでそうになるのを堪《こら》えなくてはならなかった。あまりに幸福すぎて。私が唇を嚙んで目を背けると、スケキヨは髪を撫でるのを止め、私の頰を両手で挟むと自分の方を向かせた。スケキヨは顔を寄せてきた。その目を覗きこむ間もなかった。少しひんやりとした柔らかな唇の感触を頰に感じた。それから唇に。スケキヨの植物のような肌の匂いがした。現実だった。

雲の流れる音がしている。スケキヨの長い睫毛が、今までにないくらい近くに見える。細かく光る産毛も。整った眉毛も。磨かれた石のようにすっきりとした額も。

私は指先すら動かせずにいた。スケキヨは私の耳たぶを柔らかく撫でながら、長い時間、唇を合わせたままだった。息がしにくくなってきて少し唇をひらくと、スケキヨの温かく湿った息と舌が滑り込んできた。スケキヨの舌は柔らかく、私の唇や口の中を小さな魚のようにくすぐり、私の硬直した舌に優しく絡みついた。何かを誘い出すように。

スケキヨにそんな触れられ方をしたのは初めてだった。華奢《きやしや》なスケキヨの身体が大きく感じられた。不思議な熱気がスケキヨの唇から伝わってきた。胸が苦しくなり、頰の細かな血管がじんじんと上気するのを感じた。視界が急に狭くなったような息苦しさと激しい動悸《どうき》を覚えた。身体が熱くなる。

　いつの間にか、スケキヨの着物の襟と胸のあたりを、私はきつく握り締めてしまっていた。突然、何かが身体の底から這い上ってくるような感じがした。ぞわりとした濃いものが。まだかろうじて混乱しきっていない頭の冷めた部分がそれに怯えた。自分の中から這い出てくるぬらりとしたものを防ごうとして、私は首筋と肩に力を入れて踏ん張った。すると、スケキヨはその強張りをほぐそうとするかのように、私の首筋にゆっくりと唇と舌を這わせた。そうして、片方の手で優しく私の髪を撫でながら、もう片方の手をするりと私の懐に入れた。私の身体に直にスケキヨの手が触れた。頭の芯《しん》が痺れて、一瞬何もわからなくなった。反面、スケキヨに触れられている肌の感触が、生々しく鮮やかに私の中で弾けた。その感触は直接内臓に繋がっているかのようだった。ぞわりと、私の中で何かが確かな重みをもって起き上がってきた。恐怖心が閃くように私を襲う。

私は渾身《こんしん》の力を込めてスケキヨを押しのけた。

　驚いた顔のスケキヨと目が合って、はじめて自分が何をしたのか気がついた。胸が音をたてて鳴り、頭は熱っぽくぼうっとなっていた。息を整えながら、スケキヨを仰ぎ見ていた。恐ろしかった。スケキヨがではない。スケキヨは乱れた様子もなく、静かにいぶかしげな顔をして私を見下ろしている。その表情を決心のようなものが塗り替えた。スケキヨはまた私に触れようとした。私は反射的に手を伸ばしてスケキヨの動きを止めた。

私はスケキヨに触れられるのが怖かった。スケキヨに触れられることで、自分の中から湧きあがってくるものを止められなくなりそうで恐ろしかった。それが何なのか全くわからなかったが、呑み込まれたらもう戻ってこられなくなりそうな気がしていた。それが圧倒的なものであるという確かな予感があった。そして、それはまだ私の身体の奥で蠢《うごめ》き形を留《とど》めていた。今、またあんな風にスケキヨに触られたら、自分がおかしくなってしまう。その確信があった。

スケキヨを遠ざけようとしているわけではないのだと、私は言葉で伝えるべきだった。だが、心臓の激しい震えで私の唇は戦慄《わなな》いて、うまく言葉が紡げなかった。なんでもないのだと、スケキヨを安心させようとして私は無理に笑った。この部屋に充満する張り詰めた空気を、和らげたかったのかもしれない。不用意に触れたら切れてしまいそうな空気だった。擦れた声で私は必死に笑おうとした。取り繕うように。

スケキヨは動かず、じっと私を見ていた。私は唾《つば》を飲み込み、息を整え、なんとか声を絞り出した。震えた不細工な声だった。

「ねえ、スケキヨどうしたの？」

私の問いかけにも、スケキヨは何も答えなかった。ただ考え深げな表情を浮かべて、笑い続ける私を探るように見ている。

「ねえ、スケキヨ……」

うわずった声で何度かその名を呼んだ。スケキヨはずっと黙ったままだった。自分の唇が震えるのを感じて、噛み締めた。スケキヨの冷たい目が私の全てを見透かしている。そう思った瞬間、何かが頭の中で弾け、身体が熱くなった。掌にじっとりと汗が浮かんで、目が潤んだ。羞恥《しゅうち》と悲しみが胸をずたずたに切り裂き、その傷口から憎しみがどくどくと流れ出した。

その時、私は自分もスケキヨのことも見失っていた。ただ、生まれて初めて湧きあがった様々な感情に翻弄《ほんろう》されていた。歪んだ笑いを止めることが出来ないまま、私はスケキヨに言った。

「ねえ、スケキヨ。こんなこと、どこで覚えてきたの？」

その言葉を聞いた途端、スケキヨの目が音もなくぽっかりとした暗闇に変わった。

多分、その時の私は自分の中に湧きあがった正体不明の感情から逃れたくて、無意識にそれをスケキヨが及ぼしたものと思い込み、強引につき返そうとしていたのだと思う。だが、たとえ混乱していたとしても私はそんなことを言うべきではなかった。生き物としての感情を失ったスケキヨの目は、私の心に焼きつけられてしまった。その暗闇はそこにあったもの全てを呑み込み、私の頭を凍りつかせた。痺れて体温を失っていく頭で、私は何かを思い出しかけていた。

スケキヨはぽっかりとした目のまま黙って立ち上がり、部屋から出て行った。声を出すことも動くことも出来なくなった私を置いて。この薄闇に染められた部屋の何もかもが、音をたて砕け散ってしまっていた。そして私とスケキヨの間にあった何もかも。その残骸《ざんがい》を私は呆然と眺めていた。一体、自分は何をしてしまったのだろう。とすん、と障子の閉まる音がして初めて、自分の身体がびくりと動いた。その時、灰色の魚影がゆらりと横切った気がした。スケキヨのあの目。思い出した。あの全てを冷たく呑み込む暗闇は、私達が水場で見た雷魚のものとそっくり同じだった。

私は慌てて布団をはねのけて立ち上がると、飛びつくように障子を開け、スケキヨの名を叫んだ。部屋から走り出そうとして、敷居の溝に足指を引っ掛けて体がよろめいた。廊下で体勢を整えようとした時、下腹に重く鈍い痛みが走った。つられるように吐き気も込み上げてくる。必死で口を覆い、潤んだ目を階段に続く廊下にさまよわせた。スケキヨの姿はなかった。

「スケキヨ！」

悲鳴のように叫び、走って追いかけようとした。一歩踏み出したその足に、生温かいものが伝った。息を呑んで廊下に立ち尽くす。尿ではなかった。それよりずっと温かく比重のある濃い液体が、私の身体からゆっくり足を伝って流れだしていた。あまりの恐怖で足元を見ることが出来なかった。さっき自分の身体で目覚めたわけの分からない貪《どん》欲《よく》な怪物が出てきたのだと思った。どろりとした流れを下腹に感じながら、私は冷たい廊下に立ち尽くして震えていた。もう、自分の意志では止めることが出来ない。もう、取り返しがつかない。そう思いながら。

廊下は暗かった。部屋から薄青い月の光がこぼれて、私の数歩後ろの廊下を青く冷たく光らせていた。その光は清らかで、生ぬるい澱《よど》みに捉われてしまった私には手が届かないように感じた。動くことが出来ないまま、私はスケキヨを想って泣いた。もうその名を呼ぶ資格を失った事実に涙を零《こぼ》した。スケキヨは正しい。そう、こうして泣きながら私は諦めていくのだろう。スケキヨを失ってさえも。私にはそんな無様な生き方しか出来ない。受け入れ、忘れていくことしか出来ない。スケキヨとは違って。

涙を流し続ける私の耳に、自分の名を呼ぶ声が届いた。

振り返ると、廊下の一番奥の暗がりから婆が手招きをしていた。暗闇の中でも彼女の粘りのある満面の笑みが見えるような気がした。

一体、痛み、とはどのように感じるものだっただろう。

あの日以来、私は痛みを感じることが出来ない。幼い頃の痛みの記憶は、痛かったというだけの感覚を伴わない単語としての存在でしかない。そして、その記憶も本当のことだったのか、日々確信を持てないものとなっていく。

月水が来て、廓《くるわ》に売られて、女として身体が変化してから、私の身体と精神は様々な痛みに晒《さら》された。数々の屈辱や折檻《せっかん》も受けたような気がする。しかし、どんなに詳細に思い返してみても、それらはただ私を通過していった一連の風景にしか感じられない。身体に残る苦痛の記憶を手繰《たぐ》っても、顔をしかめることも、背筋が寒くなることもない。

あの日以来、私にとっての痛みとは。

それは真《ま》っ暗闇《くらやみ》の中の雷だ。青く細く光るもの、大きく真っ白に闇を埋め尽くすもの、四方八方に散らばるもの、真《ま》っ直《す》ぐ闇を切り裂くもの。それら無数の雷の連鎖が、娼婦《しょうふ》としての私の人生の始まりの至る所にちりばめられた。

痛みに身を任せると、私の闇の中に雷が閃《ひらめ》いた。そして、その美しい風景を、私はいつも懐かしさと哀しみを込めてうっとりと眺めた。


目を覚ますと、もう大分、日が暮れかかっていた。凶暴なくらい紅《あか》い夕日が、部屋の何もかもを染めあげていた。血の色みたいなやけに妖《あや》しい色だった。目の奥まで染まりそうで、私は瞼《まぶた》を閉じてこめかみを揉《も》みながら、しばらく横になったまま動かずにいた。

耳を澄ますと、もうすぐ見世が始まる気配が伝わってくる。忙しく廊下を行き交う足音、野菜や魚を煮炊きする匂《にお》い、小間使いを呼ぶ女達の声、化粧粉や髪結い油の鼻の奥をくすぐる香り。私は寝汗が引くのと入れ替えに、それらの現実の喧騒《けんそう》に体を静かに馴染《なじ》ませていく。

やがて、引き戸の向こうから私の名を呼ぶ声が聞こえた。

「起きているわ」

一息おいて答えて、起き上がる。幾重にも垂れ下がった薄い天幕を片手で押し上げ、三つ布団から這《は》い出ると、引き戸を開けた。

「なんだ支度出来てねえじゃねえか」

楼主の胆振野《いぶりの》だった。私の寝巻き姿を上から下まで眺めて、うんざりした顔で言う。

「なかなか出てこないから、声かけにきてみりゃこれだ」

「私、起きているとしか言ってないわよ」

大柄な胆振野は屈《かが》みこむようにして、私の顔を覗《のぞ》き込んだ。

「おい……月水が来たってわけじゃないよな？」

ばつの悪そうな顔で聞く。この島で一、二を争う廓、更津屋《さらつや》を仕切る楼主らしからぬ表情だ。

「もし来ていたら、声かけられても起きてこないわ」

「そうだな、お前、月水ん時は死んだように寝っぱなしだもんな。最初は驚いたけど、流石《さすが》にもう慣れちまったな。ああ、よかった、今日は馴染みの高林様が来そうだからな」

安堵《あんど》の色を浮かべるやいなや、大声で笑う。胆振野は思っている事がすぐ態度や顔に表れてしまう。その憎めない人柄のせいで、店の遊女達や妓夫《ぎゆう》達からは慕われていた。単純さ故に激昂《げつこう》しやすくもあったが、懐の大きい主人と言えた。

「今から支度するわ。随分、汗、かいてしまったわ、お湯使える？」

「ああ、湯場のは大分汚れてしまったな。行水でいいなら、沸かしてもってこさせるが」

「いいわ。お願い」

「誰か手伝いの童《わ》っぱ呼ぶか？」

「要らないわ。ちゃんと見世の時間に間に合わせればいいのでしょう？」

何か言いたげな胆振野を廊下に残して、私は引き戸を閉めた。部屋に戻り、寝台に腰掛ける。小間使いの童《わらべ》に、周りをうろちょろされるのは苦手だった。早くに起きて、他の遊女達と噂話《うわさばなし》をするのも。遣手婆《やりてばば》にやかましく小言を言われるのも。相変わらず、他人と関《かか》わるのは苦手だった。

鏡台にかかった布を取る。どこからどう見ても、もう子供ではない自分の姿が映っている。肘《ひじ》くらいまである長い髪、日に透けそうな白い肌、くびれた腰、柔らかく膨らんだ胸と腹。しかし、中身はと言うと化粧や身だしなみ、廓の厳しい決まり事くらいしか、新たに私に付け加えられたことはないように思う。それればかりか、自分はいろんなものが削り取られてしまって、随分平坦《へいたん》なものになってしまった気がする。幼い頃よりずっと。ほとんど何も考えることも、感じることもなかった。ある意味、娼婦には向いているといえるのかもしれなかったが。

引き戸が開いて、湯気の立つ盥《たらい》が部屋に押し込まれた。柔らかなお湯の匂いが部屋に満ちる。行水をしようと、寝巻きの帯を解《ほど》きかけて、はたと最初にしなくてはいけなかった準備を思い出した。

「灯を頂戴《ちょうだい》」

お湯を持ってきた小間使いの童に声をかける。童ははじかれたように飛び上がるとあっという間に見えなくなり、すぐに小走りで行灯《あんどん》を持って戻ってきた。そして、せわしない動きで私の部屋にある丸行灯や燭台《しょくだい》に次々に火をともした。童が、窓の下に置いてある青銅の灯籠《とうろう》にも火を点《つ》けようとするのを、私は手で制した。歩み寄り、近くの燭台の火を釣り灯籠に移し取る。

「これは、私の仕事だから」

そう呟《つぶや》くと、窓から身を乗り出し軒下に釣り灯籠をかける。足早に暮れだした夕闇の中に、頼りない灯《あか》りが一つ揺れた。これが、遊女白亜が今夜出ているという印になるのだ。馴染みの客は渡し舟からこの灯りを頼りにこの部屋を訪れるのだ。下から華やかな甲高い笑い声が聞こえた。水の上に造られた見世にも、灯りが点きだしている。もうぼちぼち客を乗せた舟が出ているのかもしれない。

振り返ると、童がもじもじしながら立っている。「もういいわ」と伝えると、寝巻きを脱ぎ捨てお湯に触れた。湿した布で身体の末端から丁寧に拭《ぬぐ》っていく。一通り身体を拭い終わると香油で皮膚を揉み解《ほぐ》す。清涼感のある香りが弾《はじ》け、眠気で曇った視界が晴れる。肌がしっとりしてきたら、その上から白粉《おしろい》をはたいていく。髪にも香油を馴染ませ結い上げる。眉《まゆ》を整え、頬《ほお》と唇に紅をさす。頼りないひらひらとした衣装を着け、細々とした装飾品で身を飾る。

毎日、同じ順番で繰り返される動作を、精密に淀《よど》みなく行うことで段々と頭が空っぽになっていく。与えられた役割を果たすだけの人形と化していく。完全に装いが整えられた頃、私の中にはほんの一匙《ひとさじ》の感情も残ってはいない。顔には、島で五本の指に入るといわれる凄艶《せいえん》な微笑を浮かべながらも。そんな艶《あで》やかな自分の姿を、私はまるで他人の身体のようにはるか上の方から見下ろすことが出来た。

朱色の厚い布の敷き詰められた階段を降りて、大部屋横の長い廊下を横切ると見世に出る。大部屋の扉の隙間《すきま》から、衝立《ついたて》で部屋を割って床の準備をしている様子がちらりと見えた。私もここに売られた当初は、大部屋で割床《わりどこ》をして客を取っていた。廓育ちの見込みのある遊女は、姉女郎やその上客の後押しで、突き出しから部屋や上客が用意してもらえる。だが、私のようにある程度成長してから廓に売られてきた遊女は、大部屋から始めなければならない。周りの目がいつもあり、厳しく躾《しつ》けられる。精神を病んでしまったり、自死を選んだりする遊女もいた。また、大部屋には本土から売られてくるけっこう年のいった女達もいたし、時折異国の血の混じった女もいた。そういう者は運が悪ければずっと大部屋暮らしのままだった。そして、あまり稼ぐことも出来ないために年季《ねんあ》明けも果たせず、一生廓で働かされた。もっと運が悪ければ、格下の娼婦宿や裏華町にやっかい払いされることもあった。

私はすぐに見世で見初められ、何人かの上客がついた。その客達の後押しのおかげで、私は部屋持ちの格を飛び越して、あっという間に座敷持ちになることができた。私を売ったときの婆《ばば》の条件は「突き出しを終えて一年以内に座敷持ちになれたら三倍値で。その代わり使い物にならなかったら、金は全部返す」だったそうだ。きっと、さぞかし大量の金が婆の懐に流れ込んでいることだろう。しかし、婆の見立ては正しかったと言える。おかげで私は日々、「成り上がりの外場者《そとばもの》」と他の遊女達に後ろ指をさされながらも、落ちぶれることなく遊廓更津屋で名を轟《とどろ》かせている。

見世に出ると、もう遊女達でいっぱいだった。皆、あちこちで華やかな衣服をひらめかせながら、水路に向かってしなを作っていた。欄干にもたれて、船上の客に何か声をかけている者もいた。五艘《そう》くらいの渡し舟が暗闇にぽっかりと浮いて見える。昼間の太陽に温められた濁った水の臭《にお》いが漂っていた。

私が見世に入っていくと一瞬、ぴたりと遊女達のざわめきが止《や》んだが、すぐにひそひそと悪意を込めた声が周りにたち込めた。廓育ちの女達は、私のような外から来た遊女を「外場者」と呼んで蔑《さげす》んだ。婆が蓼原を「根無し者」と呼んだように。感心するくらいの執念を感じる。少し可笑《おか》しい。

どこか空いている場所はないかと見回したが、遊女達がわざと着物の裾《すそ》を広げて座っていて隙間がなかった。遊女達の色とりどりの着物が敷き詰められた見世の板の間は、まるで引き千切られ踏みしだかれた花畑のように見える。

「こんな遅くに良い身分だこと」

「いまごろ来たって場所などないわよ」

「随分な自信があるんじゃないの」

「外場者のくせに思い上がりも甚だしいわね」

私が立ちすくんでいると、甲高い笑い声とやんわりとした冷笑と野次が飛び交った。

私の後ろに座っていた丸鼻の遊女が「ちょっと、見えなくなるじゃない！」と怒声をあげた。部屋で馴染みを待てば良いかと思い直し、ちらりと周りを見渡してからきびすを返した。いつものことだが、顔を向けると皆、目を逸《そ》らし黙り込む。自分の部屋へと歩き出した私の背中に、少し鼻にかかった甘い声が届いた。

「白亜！　こっち空いているわ」

振り返ると、薄紅色の着物を着た新笠《にいがさ》と呼ばれる若い遊女が、自分の隣を指し示しながら手を振っていた。人懐っこそうな笑顔を浮かべながら。皆の前で私に声をかけることに緊張しているのか、僅《わず》かに頬が上気している。新笠には、前にも何回か好意的に話しかけられたような記憶があった。だが、今は迷惑をかけても悪いのでゆっくりと微笑《ほほえ》んだ。

「いいわ、ありがとう」

新笠は慌てて立ち上がると、ふわりとこちらに駆け寄ってきた。

「どうして、白亜。ここにいたらいいじゃない」

そう言って私の手を握る。柔らかな温かい手だった。私の目を見て、大きな口でにっこりと笑う。ここで断ったら、また周りに陰口を叩《たた》かれそうだった。どう手を放すべきか悩みながら黙っていると、ふっと後ろに立った巨軀《きょく》によって灯りが遮られた。間髪を容《い》れず、割れるような大声が降り注ぐ。

「おお、いい眺めだな！　そら、みんな仲良く頑張って、いい客取ってくれよ！」

そして、いやおうなく私と新笠は胆振野によって、欄干の前まで押しやられてしまった。他の遊女達も白く塗った顔に笑顔を貼《は》り付けて黙っていた。

「胆振野。そんな大声出していたら、お客さん逃げてしまうわ」

「おお、すまん」

胆振野は慌てて、廊下までその巨体を退《ど》かした。それを見て、新笠がころころと笑う。新笠は明るく無邪気な遊女で、誰からも好かれる性質だった。少し小さめの鼻と大きな目と口の派手で愛らしい顔をこちらに向けた。

「白亜、久しぶりね。私、あなたに話したいことがあったのよ。なのに、あなたったら部屋に閉じ籠《こも》りっぱなしで」

「そうね、お客以外に名前で呼ばれるのは久しぶりな気がするわ。ここでは新笠さんくらいだから、ちゃんと白亜と呼んでくれるのは」

「みんな嫉妬《しっと》しているのよ、あなたがその伝説の名前にぴったりだから」

大きな声でそう言って笑う。横にいた私達より三つばかり年上の天青《てんせい》という名の細面の遊女が、きつい目で新笠を睨《にら》んだ。新笠はちょっと肩をすくめると、心持ち声を落とした。

「新笠でいい。本当の名前じゃないけれど。本当は松って言うのよ、私。よければ二人のときはそう呼んで」

そう言うと、新笠は遠くのものを見るように目を細めた。

「あなたは名前を変えなかったのね……」

「え……」

私がその言葉の意味を聞こうとすると、新笠は「後でね」と悪戯《いたずら》っ子のような笑みを浮かべた。昔、婆の家にいた頃に付きまとわれていた遊女屋の子達の中に、新笠はいたのだろうか。そういえば、新笠は表情のせいで幼くは見えるが、多分私と同じくらいの年齢のはずだった。今、幼い頃のことを思い出し、心を乱されたくはなかった。どんな好奇心よりそれは勝った。幼い頃の記憶の風景に必ず存在したその影を、今は頭から押しやりたかった。何よりも私を捉《とら》えて離さなかったその影を。

暗い水面《みなも》に真っ直ぐ目を向けた。客を乗せた渡し舟の数は増していた。灯に集まる蛾《が》のように、皆そろそろとこちらを窺《うかが》いながら近づいてきている。朧《おぼろ》な灯りが水と共に揺れていた。客寄せの声が、水路沿いのあちらこちらの見世からあがり始めていた。私は姿勢を正し、微笑みを顔に浮かべる。舟に乗った何人かがこちらを見ていた。

その時、一番見世から離れた場所を、暗がりを選ぶように進んでいく小舟に気がついた。なめらかに滑るように。その小舟を漕《こ》いでいる亀のように丸まった背中に、見覚えがあった。首を上下に動かすその仕草にも。思わず顔を背けた。息を吸ってゆっくり吐き出し、気を落ち着けてから、視線を戻す。小舟は消えていた。

悲しみにも安堵にも似たものがひたひたと私を満たした。どんな暗闇だって解《わか》る。あれは蓼原だ。蓼原の漕ぎ方だ。そして、後ろに誰かを乗せていた。息を吐き出しながら、思わず笑いが洩《も》れる。深読みしすぎだ。蓼原が遊女漁《あさ》りの客を乗せて舟を回していたって、何もおかしいことはないはずなのだ。考えてはいけない。期待してはいけない。

ふと、視線を感じて横を見ると、新笠が小首を傾《かし》げて私を見ていた。

「どうしたの？　白亜、あなたらしくない顔をしているわ」

私は笑った。

「私らしいって？」

「涼しげで、何にも動じない静かで完璧《かんぺき》な微笑。あなたが表情を崩すことはめったにないのよね。ほら、もうお呼びよ」

振り返ると、斜め後ろに妓夫の一人が控えていた。顔を傾けると、耳に馴染みの客が来たことを早口に囁《ささや》いた。

「座敷に通しておいて頂戴」

そう告げると妓夫は頷《うなず》き、音もなく廊下に下がっていった。

私は立ち上がり、周りを見渡した。「では、お先に」と声をかけ、見世の板の間を遊女達の間をぬって歩き出す。新笠だけが笑顔でひらりと手を振った。

廊下に出る前に水路の方を思わず振り返ってしまった。そうせずにはいられなかった。

私の近くに寄って来ていた二、三艘の渡し舟が、名残《なごり》惜しそうに方向を変え始めていた。新笠と何人かの遊女が見世の横に造られた舟着場の桟橋の方に、客を出迎えに行くのも見えた。妓夫が掲げ持つ提灯《ちょうちん》の灯りがゆらゆら揺れている。あとは夜に向かって刻一刻と暗さを増す墨色の空の下、何もかも塗りつぶしてしまいそうなのっぺりとした黒い水面が鈍く光っているだけだった。

乱れてもいない襟元を正すと、私は客の待つ自分の座敷に向かって歩き出した。

不思議な事だが、客と寝るのは最初から嫌いではなかった。酩酊《めいてい》の末の乱痴気騒ぎとか、手練手管の駆け引きとかは正直あまり好いてはいなかったが。誰かと身体を触れ合わせているのは、言葉を使って会話をするのよりずっと楽だと私は感じる。それが自分に対して欲望を沸きたたせている相手とならばなおさらだった。

私は微笑みを浮かべて、望みのまま身体だけを差しだしていれば良かったから。私達の空間に在るのは、ただ、私だけを見つめる目と実体として存在する身体そのものだけ。その単純な真実は私を安心させた。時間や生活、悩み、葛藤《かっとう》、矛盾、一切のものからふっと一瞬離れていける。目を瞑《つぶ》れば、脈打つ身体に呼応するように暗闇に雷が閃く。いつも、どこまでが私の身体で、どこまでが相手の身体なのか、わからなくなるくらい溶け合ってしまう。擦《こす》れる肌の匂いも、相手の指がなぞる私の輪郭も、全ての境目が消えてしまえばいいと願いながら、身体を動かし続ける。しまいには何をしているのか、それすらもわからなくなる深い穴が口をひらき、私は充足する。その深い穴に潜って、のびのびと泳ぐ。そこでやっと私は深く息をすることが出来る。

ただ、時折、明け方に近い夜にぽっかりと目が覚めた時、陸《おか》に揚げられた魚のように苦しくなることがあった。傍らには男が眠りこけている。私は摩擦でひりひりする肌や重い下半身を意識しながら、ゆっくりと身を起こす。部屋も外も静まり返っている。私を眠りから引き上げる何の要因も見つけられないような、青い夜。そんな時にそれはやってくる。

ふいに、それまで私を包んでいた空気が密度を変え、重く身体に圧《の》し掛かってくる。ぐっと胸が締め付けられるような、空気を通す喉《のど》の管が細くなったような息苦しさが私を襲う。自分は呼吸をしているのだ。吸って、吐いて、吸ってと普段意識していなかった行動を、手繰り寄せるように必死に思い出して行わなければいけなかった。そうして、目に涙を浮かべながら、少しずつ小さく息をしなくてはいけない夜が月に二、三回あった。

そんな時、私は部屋を出て階下に降り、誰も居なくなった桟橋に立った。先刻までの見世の熱気が、少しずつ桟橋の冷たい板床に吸い込まれていっている。そのひっそりとした闇の中に立ち、遠くのデンキや月を見て、どこからか獏《ばく》の声が響き渡るのを待った。けれど、獏の声は一度も聞こえてはこなかった。人々は相変わらず夢を喰われ続けているというのに。

「冴《さ》えないお天気ね。もうすぐ雨季かしら、商売あがったりだわ」

私の寝室の窓から曇り空を眺めながら、新笠は溜息《ためいき》をついた。あれ以来、新笠はちょくちょく昼間に私の部屋を訪れるようになった。

「でも雨季が終わったら夏至祭よね」

顔を輝かせながら、くるりと新笠が振り返る。

「そうね」

脇息《きょうそく》にもたれながら相槌《あいづち》を打った私の顔を見ると、新笠は不満そうに口を尖《とが》らせた。膝《ひざ》を使って、傍《そば》までにじり寄ってくる。

「白亜はちっとも嬉《うれ》しくなさそう。あなたって人生の愉《たの》しみがないのね」

「愉しみがないってわけじゃないわ、過剰な事が人より苦手なだけ」

私が困ったように笑うと、新笠は「ふうん」と呟いた。そして、気を取り直したように笑った。今日の新笠は春の花のような黄色の着物だった。淡い色がよく似合っている。

新笠の言うことは、半ば当たっていた。私にとって身の回りで起こりうるほとんど全てのことは、薄っぺらで中身のないことのように感じられた。ただの単調な風景のように。

面倒や不快なことが起こらなければ、特に何にも執着は無い。私は店の人間や客にどんな感情を向けられようが、ただそれを事実として受け止め、何も感じないまま然《しか》るべき対応をすることが出来た。どうして、こんなに何もかもがあわあわとしているのだろう。どうして、世界はこんなにも私に何も及ぼしはしないのか。ただ一つの事を除いて。

しかし、そんな状況にも私はもうずっと前に慣れきってしまっていた。その事を悲しいとも思わない。ただ、自分はそういう人間なのだと認めきって、淡々とした日々を過ごしていた。そうして、その状態に安定すら見出《みいだ》していた。

新笠が小さく声をあげ、笑いながら手を伸ばして私の髪に触れた。昼前に湯を使った後、まだ梳《す》かしてもなく、無造作に垂らしたままだった。

「白亜。あなたまだ髪も結ってないじゃない。隙《すき》がないように見えていいかげんなんだから、もう。私、結ってあげるわ。こう見えても廓育ちだから上手《うま》いのよ」

その言葉を聞いて、私はこの間見世で新笠が私の名前について言っていたことを思い出した。

「ありがとう、お願いするわ。そういえば、この間、見世で言いかけていたことは何？」

「ああ、あれね。それはね……。ここの髪飾り使ってもいいのかな。あら、これ、可愛い」

早くも私の櫛箱《くしばこ》の中を新笠が吟味し始めた時、階下で騒ぎ声が起きた。遊女達の悲鳴と廊下をかけていく足音だった。それに壁を叩く音、誰かが転んだ音、物がけたたましく倒れ、何かが壊れる高い音が矢継ぎ早に混じる。妓夫達の怒鳴り声と遊女の悲鳴を威圧するような胴間声《どうまごえ》も聞こえてきた。

「おいおいおい、なんだあ、この店は俺を客として認めないってのか。そんな大層な店かよ、おい！」

声の主は酔っているようだった。呂律《ろれつ》の回らない舌でその後も何か怒鳴っていたが、言い返す店の者の声々に掻《か》き消された。ややあって、人を殴るような鈍い音がした。またけたたましい悲鳴が起きる。

「嫌だわ。がらの悪い客ね、こんな早い時間から酔っているのかしら」

新笠が怯《おび》えた顔で私の袖《そで》を摑《つか》んで寄り添ってきた。が、私の身体はその怒鳴り声に無意識に反応していた。鼓動が大きくなり、じっとしていられないくらいに。

「新笠はそこに居て」

そういうと私は立ち上がり、引き戸を開けた。廊下にまだ八つくらいの童が涙を浮かべながら、座り込んでいる。ハナという名の新笠の小間使いだった。

「中にお入り、あなたの姐《ねえ》さんと居なさい」

ハナは部屋に飛び込むと、新笠に抱きついていった。私はそれを確認してから、引き戸を閉め階段に向かった。あの胴間声には聞き覚えがあった。幼い頃感じた胸騒ぎと疼《うず》くような切なさが、胸に込み上げてきていた。それは随分久しぶりの感覚だった。

大階段を降りていく途中で、通りに面した正面玄関に人だかりがしているのが見えた。そして、その人々の群れの中央の、派手な着物姿のでっぷりとした男も。土足で玄関に上がり込み、連れの男達と共に店の妓夫達と言い争っている。忘れようもない、その男は菊切だった。

恐らく、私のことなど覚えてはいまい。私は大階段の途中で立ち止まったまま、悪趣味なてらてらした着物を光らせながら暴れる菊切を眺めていた。前見た頃よりもずっとたるんだ脂っぽい頬が、唾《つば》を飛ばしながら揺れるのを。芋虫のように膨らんだ指が、店の男を突き飛ばすのを。衣服にも負けず劣らず存在感を主張しながら揺れる脂肪に覆われた体軀を。その醜い全てが蠢《うごめ》くのを。ぶよぶよとした肉に覆われた顔が、こちらを見上げる。横にいた目つきの悪い男が何やら菊切に耳打ちした。卑猥《ひわい》な笑いがその顔に赤い切れ目を作った。ねとねとした舌が唇を舐《な》め、太い煙管《キセル》が私の方に差し向けられた。

「へえ、あれが噂に名高い更津屋の白亜嬢か！　随分とお高い所から御見物ときた。しかしまったく、大層なお名前に劣らぬ凄《すご》みのある美しさだな！」

下品に笑いながら大声をあげた。「美しい」という単語を発する時、菊切のたるんだ唇がひくひくと震えた。まるでそれが淫靡《いんび》な言葉であるかのように。

私は作り得ることのできる最上の微笑みを浮かべながら、ゆっくりと階段を降りていった。菊切はにやにやしながら、近くの妓夫の胸を小突いた。「おい！　一晩、一体いくらするんだ!?」。そして、大声で笑った。

遊女達が青ざめた顔で私に道をあける。店の者が私を止めようとしたが、私は軽く手で払った。微笑みながら、真っ直ぐ自分を見つめる醜い塊《かたまり》へと私は歩いていった。不思議な興奮と残酷な期待が私を動かしていた。私の頭はたった一つのことに捉われてしまっていた。そのせいで菊切がどんなに醜くても、凶暴なくらい生き生きと鮮やかに輝いて見えた。幼い頃、私が当たり前のように感じていたように。今思えば、昔私にとってたった一つの真実であったものを通して見る世界は、確かな現実の厚みがあった。菊切に向かって歩み寄りながら、時間を超えて私はそこに戻っていくような錯覚に捉われていた。

私の目と菊切の目が、しっかりと絡み合った。その肉の覆い被《かぶ》さった小さな血走った黒い点が、僅かに震える。悪いものを飲み込んだような表情が、菊切の顔に広がっていった。まるで、水に墨を流すように。その時、強い力が私を乱暴に引き戻した。

「そこまでにしないか！　菊切！　お前等《まえら》は出入り禁止だと、前に伝えたはずだがな！」

筋肉質の身体を強張《こわば》らせ、額に血管を浮かせた胆振野が仁王立ちになって、私と菊切の間に立《た》ち塞《ふさ》がっていた。新笠が飛んできて、胆振野に突き飛ばされた私の身体をしっかりと抱き止める。

ふいを突かれた菊切が、胆振野を見上げて媚《こ》びるように笑った。

「おい、そんなにかりかりすんなよ。ちゃんと金は出すからよ。女を借りたいだけだよ。何も白亜嬢ほどの上玉を借りようってわけじゃない。ついてるもんがついた女なら、誰だっていいんだよ」

「お前に売る遊女は俺の店には一人も居ない！　出ていけ！　帰れ！」

空気が震えるくらいの怒声が響き渡った。懲りずに何か言いかけた菊切に、遣手婆が金切り声を浴びせる。

「自治組織の男衆を呼んだからね！」

流石に菊切の酔いもこれで醒《さ》めたようだった。舌打ちをしながら、たるんだ顎《あご》で付き人達に退散を促す。が、玄関を出て行きがてら、苦々しそうな表情で胆振野を振り返った。ちらりと私を横目で見る。

「おい、そこの白亜嬢、どこで拾った、廓育ちじゃねえだろう？　誰から買い取った？」

「お前に伝えられることは、ここに二度と来るなってことだけだ！」

二度目の大震動が玄関を揺るがした。「ああ、そうかよ！」と、菊切は扉に大きな音をたてて煙管を叩きつけ、煙草《タバコ》の灰を散らして出て行った。その背中を店の者の野次が襲った。

私は、玄関に落ちたまだ形を残している刻み煙草をぼんやり眺めていた。白く細い煙が、弱々しく立ち昇っている。突き飛ばされた衝撃で憑《つ》き物が落ちたかのように、私の身体から力が抜けていた。胆振野が乱暴に私の両腕を摑んで揺すった。

「お前、一体何のつもりだ！　あいつが誰だか知ってんのか？」

「……知っているわ」

まだ興奮冷めやらぬ胆振野の頭にまた血が上った。

「ふ、ふざけるのも大概にしろ！　あいつを知ってるんなら、二度と近づくな！　皆もどんなに金をつまれても、あいつにはついていくんじゃねえぞ！　決してだ！　二度と使い物にならない身体にされるぞ！　解ったか、白亜！　おい！　聞いているのか!?」

「やめて！　もういいでしょう、楼主。白亜は店を守ろうとしたのよ……そうでしょう、白亜。白亜の腕を放して、痣《あざ》が出来てしまうわ」

新笠が必死で懇願して、胆振野はやっと我に返って私の腕を放した。新笠が睨みつけたので、胆振野は唇を引き絞って困った顔をした。私はその様子を依然として他人事《ひとごと》のように眺めていた。我に返った今や、全てが空々しく目の前を流れていくだけのものに感じる。世界はまた、ただの舞台装置に戻ってしまっていた。

ふと、誰かが私の着物の袖を、引っ張っているのに気がついた。涙の跡を頬につけたハナだった。小さな指が差す先を見ると、玄関にすらりとした鶯色《うぐいすいろ》の羽織姿の若い男が立っている。皆がそちらを見ると、男ははにかんだように笑った。

「なんだか穏やかではない雰囲気ですね。出直しましょうか」

そして、私の方だけを見て続けた。「とても残念ですけれど」。にっこりと上品に目を細める。

遣手婆が慌てて飛び出してくる。

「申し訳ありません、佐井《さい》様。ちょっとした揉め事がありましたが、もう大丈夫で御座います。直ぐにご用意いたします、もうしばらくお待ちを。皆の衆、仕事にお戻り！」

「それは、良かった。白亜を指名したいのだけどいいかな？」

「もちろんで御座います、佐井様。お見苦しい所をお見せして、申し訳ありません」

やっと気を取り直した胆振野もうやうやしく一礼をして、その若い男に近寄っていく。

佐井は最近馴染みになった男だった。本土の名のある学者の息子だという噂だった。

身分や職業が何であれ、問題を起こさない羽振りの良い客は店としては大歓迎だった。

しかし、正直私は佐井が苦手だった。佐井の穏やかで余裕のある知的な雰囲気は、私を落ち着かなくさせる。その静かな視線や雰囲気は、成長したスケキヨを彷彿《ほうふつ》とさせた。私は成長したスケキヨの姿を想像したくはなかった。完璧な思い出に余計な色を付け加えてしまうようで。もう失ってしまったものに、期待などしたくはない。

　佐井は私を穏やかに眺めていた。目を優しげに細めて「大丈夫ですか？」と言った。私はつい目を逸らしてしまう。それから、思い出したように頷いた。

「あら、お邪魔かしら」

　新笠が邪気のない笑い声をあげる。佐井は新笠にも微笑を向けた。それから、また私に視線を戻して言った。

「あなたはあまり僕がお気に召さないようですね」

「客の選り好みが出来る立場ではないわ。それに、まだ髪も結ってないの。少し待っていただいても？」

　私はやっといつもの微笑みと余裕を取り戻した。胆振野が私の返答に少し顔をしかめた。飾り気や可愛げがないとよく叱《しか》られるのだ。

「全く僕の質問の答えになってないですね。まあ、いいですよ、待っています。僕としては下ろし髪のあなたでも一向に構いませんが」

　佐井は私の返答をたいして気にしたふうもなかった。近づいてくると私の頰に触れ、髪を掬《すく》い上げ、少し屈みこむと私の匂いを嗅《か》いだ。「ああ、やはりあなたは良い香りですね」。そう満足げに呟いて、笑う。意外にも並びの悪い八重歯がぽろぽろと口からこぼれたが、そのせいで可愛らしく人のよさを感じさせる笑顔だった。白い肌に切れ長の目。その顔を新笠がじっと見上げていた。「こちらへ」といって胆振野自らが、佐井を座敷に案内した。じろっと私に自分の警告を覚えておけといわんばかりの視線を送りながら。

佐井の後ろ姿を眺めながら「ねえ」と、小さな声で新笠が囁いた。

「面白い偶然だわ」

「何が」

私は半ば上の空で聞いた。なるべく早く身支度を済ますための段取りを考えながら。

「私があなたに話したいことがあるって、前言っていたこと。私ね、あなたと同じ香りのする男の人に会ったの。しかもね、その人、今のお客さんに雰囲気が似ていたわ」

それは私がつい先程、新笠から聞こうと思った話ではなかった。しかし、その発言は佐井が待つ座敷に行く私の足取りを少なからず重くさせた。

身繕いを終え座敷に入っていくと、佐井は羽織を脱ぎ朽葉色の着流し姿で窓の外を見ながら寛《くつろ》いでいるところだった。まだ突き出しを終えていない廓育ちの新造《しんぞう》がお酌をしていた。膳《ぜん》の上には徳利と肴《さかな》が幾皿か載っている。近づくと佐井の着物に控えめに入ったよろけ縞模様《じまもよう》が見えた。柔らかな佐井の雰囲気に良く似合っている。佐井の年は私より三つ四つ上だろうか。笑うと幼く見えるが、黙って横を向いていると周りの温度が少し下がるような静けさがあった。

「いつも御指名、ありがとうございます」

私が指をつくと、こちらを振り返った。手で窓の簾《すだれ》を下げるよう新造に促す。「待つのもなかなか良いものですね」と笑う。

「何を見ていたのですか」

私は佐井の横に移動しながら尋ねた。

「いや、この島に来ると、一体自分が何時代にいるのかわからなくなるなと思いまして。いくら眺めても工場も電気も何もなくて、昔ながらの生活様式のまま。女性達は天女のような服装をしているし、闇は濃くて虫や生き物の気配がする。本土に帰った後、この島でのことは夢だったのじゃないかと、よく思ったりするのですよ」

そう言いながら、佐井は私の手に触れる。

「夢ね……ここの人間は夢を見ないのよ。そうよね？」

簾を下げ終わった新造に問うと、あどけない顔をきょとんとさせた。

「へえ。本当に？　何故《なぜ》だろう？」

「必要がないのか、そんな暇がないのか、心の出来が違うのか、それともこの島そのものが夢で存在しないものだからなのか……。佐井様のおっしゃる通りに」

「出来たらこうしている時は、下の名前で呼んで欲しいですね」

佐井は笑った。

「失礼しました、弘嗣《ひろつぐ》様」

私達、島の人間には苗字《みようじ》というものがない。そのことを知ったのは廓に入ってからだった。

新造に「もういいわ」と言って、出て行かせるとしばらく部屋は静かになった。佐井はそんなに口数が多くはない。酌をすると、黙ったまま静かに飲み干した。

「お酒、あまり得意ではなかったのでは?」

「たまに飲みたい気分になるのですよ。どうせ、気持ち悪くなるだけなのですけどね」

私は少し笑った。

「じゃあ、私もいただこうかしら」

「あなたでも酔っ払ったりするのですか?」

「そりゃあ、しますよ」

そう答えて、手酌した杯《さかずき》を一息に飲み干す。私も今日は何も考えず、酔ってしまいたい気分だった。ふと、佐井の視線が自分に注がれているのに気がついた。

「この島で一番現実感がないのはあなたですよ」

佐井がゆっくりと私の身体を引き寄せる。耳元でかすかに振動の混じった深い声が聞こえた。佐井の身体から滲《にじ》み出てきた空気に少しずつ私は取り巻かれ、自我のようなものが剝《は》がれ落ち始めているのを感じた。そのまま空になって、佐井の望むままに振舞えばよかった。もう、何も考える必要も、酔う必要もない。

佐井は私を抱き寄せたまま、ゆっくり呟いた。

「夢だとしても少しもおかしくはない。この匂いも手触りも……今まで僕が味わったことのなかったものばかりで、あなたは出来ているのですから。現実とは思えない。いっそ夢だった方が納得がいく」

佐井の敬語が少しずつ減ってきていた。それにつれて、体温が上がってきているようだった。私は少し身体をずらして、二人の間に隙間を作った。佐井の頰に触れ、そっと唇を寄せる。

「どちらでも、弘嗣様のお好きなようにとって下さいな」

そして後は身をまかせた。

その晩も佐井は泊まっていった。佐井は私に会いに来ると、大抵泊まっていく。「自分が舟に乗って帰っていくとき、他の男がもう部屋にいる所を想像したくないですからね」と、彼は言う。

本当の所、佐井は夜の水面が嫌いなのだと思う。そして、佐井は香のたち込めた寝室で、長い時間をかけて私を抱くのを好んでいた。自分はなかなか服を脱がないくせに、私の衣服は何もかもすぐ剝ぎ取り、すっかり裸にしてしまう。それから、身体中に唇を這わせる。特に首筋と背骨は、何度も唇と舌で時間をかけて執拗《しつよう》に撫《な》でた。

佐井は自ら欲望に我を忘れてのめり込むというよりは、相手の反応を眺めて愉しむ類《たぐい》の男だった。私は俯《うつぶ》せになって敷布団に顔をつけながらも、自分の身体を見つめる冷ややかな目を背中に感じた。その変わった抱き方は、一層私を落ち着かなくさせた。相手の顔が見えないだけに、昔スケキヨに触れられた感触を、嫌でも思い出してしまうのだ。その感触は私の平静を破り、空っぽではいられなくさせるものだった。そして、どうしても忘れることの出来ないものだった。もっと乱暴に好き勝手に私の身体を使って欲しかった。そうしないと、自分の中の何かが頭をもたげて起き上がってきそうになる。私はいつも歯を食いしばって、身体に力を込めてその感触に溺《おぼ》れないよう努めた。

それを知ってか知らずか、佐井は「本当に良い匂いですね」と呟きながら、休むことなく手を動かし、汗の一滴まで私を弄《もてあそ》ぶのだった。

佐井の愛好する私の匂いは、佐井のみを魅了したわけではなかった。私の客のほとんどはこの匂いに魅せられた。私がこれだけ早く廓で完全な地位を築くことが出来たわけのひとつにこの香りがあると思う。

この島は、周りを取り巻く濁水のせいで、気温が上がると島中に腐臭が漂う。島の外から来る客にとって、その臭いは随分ときつく感じるようで、この島は食べ物も女も何もかもが魚臭いと嫌う者もいた。実際、飲み水は生臭かったし、その水で体を洗う島の人間も僅かにぬめりを帯びた腐臭がした。

そのため、遊女達は自分の部屋に香を焚《た》き、香油を髪や肌に染み込ませた。しかし、それとて高価なものだったし、種類もあまりなく質も良くなかった。脳に響くくらいきつい匂いをさせている遊女も多かった。おかげで、遊女がひしめく見世は、様々な匂いで満ち溢《あふ》れ、真夏は吐き気が込みあげてくるほどだった。

私がこの廓に売られてすぐに、婆からだといって風呂敷包《ふろしきづつ》みが差し入れられた。中には香と香油、衣類用の匂い袋、そして丸薬がどっさり入っていた。丸薬や香は形が不揃《ふぞろ》いで、手作りのように見えた。婆がこんなものを送ってくれるはずはなかった。私は思わず更津屋の玄関まで裸足《はだし》で走り出たが、もう通りには誰もいなかった。それ以来、私はその香を使い、丸薬を飲んでいる。そして、それはなくなるのを見計らうように、背の曲がった男によって差し入れられる。

その香の匂いは素晴らしかった。脳みそがうっとりととろけていくような馥郁《ふくいく》とした華やかな香りなのに、軽い風や青い果実を彷彿とさせるような清涼感も含んでいた。丸薬を飲み始めてほどなくして、私の身体も妙香を発し始めた。客によるとそれは油脂の多い木の実の花のような、乳を思わすまったりとした甘い匂いの中に、瑞々《みずみず》しい果実の煌《きらめ》きが香りとなってちりばめられた、吸い込むと心の奥底まで痺《しび》れるような匂いだという。私が身体を動かすと、その匂いは私の動きにそって空中に漂い、その姿を蜃気楼《しんきろう》のように艶やかに変えるのだそうだ。その類まれな妙香を一度味わったものは忘れられなくなると、あっという間に私の名は島中の遊廓に知れ渡った。

廓の遊女達は、私にその香の入手先をしつこく問うた。だが、私には何とも答えることが出来ず、遊女達は私が意地悪をして教えないのだと思い込んだ。しばらくは私への嫉妬による嫌がらせがない日はないくらいだった。何度か部屋を荒らされ、香や丸薬を盗まれたこともあった。しかし、私以外の人間が丸薬を飲んでも、同じような妙香を放つことはなかったようだ。丸薬は私の体質に合わせて作られているのだろう。そんなことが出来て、私の体質を知り尽くしている人間はただ一人しかいなかった。毎日、丸薬を飲みながら、私はスケキヨの静かな冷たい眼差しを思い出した。

「一目見てすぐ気がついたわ、彼があの時の獏使いだって」

新笠はまだ寝巻き姿だというのに、妙に落ち着き払って言った。佐井に似た人に会ったという話を聞きたくて、私は佐井を朝一番で島から送り出すと、すぐその足で新笠の部屋に来てしまった。新笠は伸びをしてハナを起こすと、お茶の用意をするように頼んだ。

「あと、ハナ、朝ご飯もらってきて、部屋で食べるから。白亜、あなたもここで食べるでしょう」

「ごめんなさい。こんな朝から押しかけて」

「ううん。私が思った以上に、あなたに感情的な一面があるのだってことがわかって、嬉しいから構わない」

新笠は楽しくてたまらないというように笑い声をあげると、私に座るように促した。ちらりと窓の外を見ると、細い雨が降り始めていた。灰色の空の下、もうすぐ降りそうだからと急かして、佐井を送ったことを思った。穏やかな人なので何も言わなかったが、その静かな笑みが、私の落ち着きを欠いた心を見透かしていそうに思えて、私を微かに動揺させた。その波紋がまだ胸に染みのように残っている。

「獏使い?」

座布団に腰を落ち着けると、私はわざとゆっくりと聞いた。新笠はにっこりと頷く。

「昔、私がこの廓であのハナくらい小さくて、まだ松と呼ばれていた頃、時折出前にくる同い年くらいの男の子がいたの。その子のお姉さんは白亜といった。伝説と同じ名前の。その男の子はとても綺麗な顔をしていて物静かで、そのせいで島の子供達から苛《いじ》められていたの。私の姐さん達からは、お姉さんの名前のことでよくからかわれていたわ。

でも、その子は一向に気にした様子もなく、凛《りん》としていた。いつも。周りの人間を小馬鹿にして、面白がっているようにすら見えたわ」

新笠はもう笑ってはいなかった。頭の中で大切な情景を再現するかのように、遠い目をしていた。細い指の先で、自分の顎や唇を撫でながら。

「あの頃の私はいつもびくびくしていた。姐さん達からの折檻も怖かったし、少し上の子達も信用出来なかった。島の男の子達に苛められるのも嫌だった。この島の不吉なものが何もかも、自分にのしかかって、運良くまともに客を取れるような遊女になれたとしても、その先潰《つぶ》されてしまう気がしていたの。だから、その男の子の、どこか別の世界にいるような飄々《ひょうひょう》とした余裕に興味を持った。そして、あの子が守っているお姉さんなら、きっと伝説の通りの子なんだろうって憧《あこが》れたわ。来る日も来る日も想像したわ、同い年の子達とああでもないこうでもないと噂をして盛り上がったわ。そのうち誰かがその男の子の後をつけだして、それが日課みたいになっていったの」

ハナがお茶を持って入ってきた。新笠は黙って盆を受け取ると、お茶を注《つ》ぎ分けた。雨が本格的に降り出してきたようだった。規則正しく流れるような水音が、部屋を満たしていく。

「ある日、島の漁師のがさつな男の子達が、獏の棲《す》む祠《ほこら》にその子を閉じ込めてしまった。私達は怖くてどうすることも出来なくて、日が暮れてもぐずぐずしているだけだった。

その時、その子のお姉さんが出てきて、漁師の子達に居場所を吐かせて真っ直ぐに男の子を助けに行ったわ。強い風みたいに。ひとつの迷いも隙も無かった。私は見ているだけだったけれど、その女の子が男の子を救い出す様子を眺めて、とても興奮したわ。そうしたら、それを見透かされたように、祠から助け出された男の子に獏をけしかけられたわ。恐ろしい声をあげて獏が襲ってきて、私達、死に物狂いで逃げたのよ。それ以来、あの子のことを獏使いと私達は呼んだわ。あの時、あの子を助けに行ったのはあなたよね、白亜」

新笠はなぜか少し寂しそうに私を見た。

「やっぱり、あの子達の一人があなただったのね」

そう私が答えると、新笠は微笑んで頷いた。敢《あ》えて獏の正体は言わなかった。

「他の子達は？」

「一人前になる前に死んでしまった子もいるわ。でも他の子は私以外、皆その事を忘れてしまったみたい。伝説のことも、獏使いのこともいつしか話さなくなって、ただ毎日その日その日をこなしていくだけになって。ほら、一人前の遊女になるまでは、本当に毎日辛《つら》いことばかりじゃない。もう必死でただ生き延びるだけなのよね。でも不思議、そうなったらもう、皆びくびく何かを恐れることがなくなったみたい。でも、私は忘れることが出来なかった。あの時、呪《のろ》いなのか魔法なのかわけのわからない何かに、自分を塗り替えられたみたいに。でも、確信が持てなくて、あなたに尋ねることが出来なかったの。ほら、なんか白亜って近寄りがたいし」

私は笑って首を傾げた。新笠も笑って肩をすくめてみせた。

「なぜ確信を持てたの？」

そう聞くと、新笠は言い淀んで、しばし悩むと真面目《まじめ》な表情になった。

「月の冴えた晩に、小舟で薬を売っている男の話を聞いたことはある？」

私は首を振る。

「その男が売っている薬はとても良く効くって評判なのだけど、薬の他にもいろいろなものを売っているの……噂では毒薬や媚薬《びやく》とかも。そして子供を堕ろす薬。白亜は知らないだろうけれど少し前、私にはそれが必要だった」

声を落として新笠は言った。

「少し失敗をして孕《はら》んでしまって……だから、胆振野に頼んでなんとかその男を見つけてもらったの。あまり詳しくは知らないけど、何人かの楼主には道があるみたい、その男に通じる。小舟から降りてきたその男を見た時、すぐに獏使いの男の子だってわかった。まとっている空気が同じだったの。そして、白亜と同じ匂いを漂わせていた。私、自分が必要な薬の事も忘れて、思わず言ってしまったの。あなた、あの時の獏使いですよねって」

「その男は何て答えたの？」

「昨日の白亜の馴染客みたいに優しそうに笑って、そうかもしれないねって。あなたの依頼は獏に誰かを喰らわせてしまいたいとか、そういう類のことなのかなって。出来るのって聞いたら、出来るよって。その人、とても涼しい目をしていたの。痛みとか、澱《よど》みとか全て吸い取ってしまいそうな」

「私のことは言った？」

「言ってない、まだ。ねえ、あの人白亜の弟さんなんじゃないの？　白亜は彼が何をしているか知らないの？　あなたの香はあの人に作ってもらっているのではないの？」

「まだってどういう意味？」

新笠の質問には答えずに、押し返すように私はそう聞き返してしまっていた。新笠は驚いた顔をして、少し間をおいて答えた。

「……また、会う約束をしたの」

その約束がどんな約束なのかわからなかったが、細くはあるがスケキヨと思《おぼ》しき人物に繋《つな》がるものが出来てしまった事に私は戸惑った。そして、スケキヨが生きて自由にしているという可能性に、心が震えるのも感じた。話をしばし遮るために、少し横を向く。

部屋の隅でハナが朝ご飯の膳を持って、所在なく立っているのに気がついた。新笠が置いておいてと声をかけて、ハナを下がらせる。

「新笠」

私はなるべく平静を装って言った。何故か黒い靄《もや》みたいなものが込み上げてきた。これは、ただの動揺なのだろうか。それとも、不安なのだろうか。それとも、恐れか。素直にスケキヨの話を喜べない自分がいた。でも、それを第三者に晒したくはなかった。

「私は確かにあの時、祠に弟を助けに行った子供だけれど、あなたが憧れる、全てを断ち切れるような強さを持った伝説の遊女とは違うの。この島で朽ちていくだけの、ただの娼婦にすぎない。その他大勢の島の人間と同じように。あなたが会った薬売りは私の弟かも知れないけれど、彼ももう五年以上も前に裏華町に陰間《かげま》として売られていって、それ以来、音沙汰《おとさた》はないわ。あそこに幼くして売られていった者の末路は、あなたも知っているでしょう……」

「でも、あの人は確かに獏使いの男の子よ！」

「誰であれ、今の私は自分のことで精一杯。もし弟が生きていたとしても、何の連絡もしてこないってことは私にもう会う必要がないのよ。たとえ姉弟でも、もう他人になってしまっている。新笠、お願いがあるの」

「……何？」

「その人に私のことを無理に伝えないで頂戴。お願いだから」

私は新笠の顔を覗き込み、念を押すために強く手を握った。そして、立ち上がると尋ねた。

「あなたの体はもうなんともないの？」

「ええ、薬は本当に良く効いたわ。……でも、白亜は彼に会いたいから、私に話を聞きに来たんじゃないの？　それで良いの？　本当に弟が生きているか確かめたくはないの？」

新笠は納得出来ないようだった。曇った表情で私を見上げる。

「いいの。それに弟のことを期待して来たのではないから。小さい頃から、あなたと知り合いだったことがわかって嬉しいわ」

「白亜の胸のうちがわからないわ……」

新笠はますます煮え切らない表情を浮かべて言った。

「そんなものは私にはきっとないのよ。ごめんね、随分長居してしまったし、部屋に戻って身支度するわ。ハナ、やっぱり朝ご飯はいいわ」

引き戸を開けてハナに伝えると、私は立ったまま新笠に小さく手を振った。

「白亜、また部屋に来てくれる？」

新笠は探るように言った。新笠の気持ちを傷つけてしまったような気がしたので、私は当然というようにわざと明るい笑顔を作った。

「もちろん」

軽く頭を下げて新笠の部屋を出て、戸を閉める。廊下を足早に通り抜け、自分の部屋に向かった。一刻も早く一人になりたかった。途中、誰とすれ違ったのか全く覚えていない。胸が苦しくなりかけて、視界が狭くなってきていたのだった。

雨のせいで暗い室内が水底のように感じられた。吸い込む息が水のように重い。自分の部屋は灯りがともっていないせいで廊下より一層暗く、湿気に満ちた畳が足に冷たい。私はその畳に座り込んだ。懐かしいスケキヨの仕草が頭をよぎり、その静かな雰囲気が周りの空気の中にたち昇る気配がしてくる。デンキがちりちりと眼裏で躍りだしていた。それはスケキヨのデンキだった。胸を刺し、頭から指先までを痺れさせる、儚《はかな》く美しいデンキだった。もう私には触れることの出来なくなってしまったデンキ。灰色の部屋の底に座り込んだまま、私はしばらくデンキを想って泣いた。思い出に貫かれながら。雨音が絶え間なく部屋に降り注いでいた。

新笠の部屋を訪れて数日後、折良く月水がやってきた。

休みの合図に小さな赤い金魚の入った鉢を部屋の前に出し、暗い部屋に閉じ籠る。月水がくると、身体の感覚が膜を張ったように曖昧《あいまい》になっていく。顔色と同じように景色も血の気を失っていき、全てのものは青ざめた色彩に塗り替えられていく。血を失っていきながら朦朧《もうろう》とした頭で見るその青く冴えた風景は、私に穏やかな水の中を思い起こさせる。音も感触も、水の中のように間隔をあけて、鈍く伝わってくる。とろけていくような眠りが訪れ、現実との境界もぼやけていく。

いつもより一層、考えるということがなくなっていく。周りの人にかけられた言葉が、ゆっくりと頭を無意識に通り過ぎていく。何も感じない。

食事はどうする？　何か持ってこさせようか？

しょくじはどうするなにかもってこさせようか
言葉はわかる。しかし、意味が摑めない。ただ、曖昧に笑うしかない。

大きくずれていく。遠くに流されていく。及ぶもののない場所へ。おぼろな現実が溶け込んだような眠りの中で私は全ての流れを感じ、懐かしいものを見る。様々な糸を使って織り上げられた布のような、生きてきた中で感じたり見たりしたものが混じり合った不思議な風景が私の中を通過していく。その時だけは、私は動揺したり後悔したりすることなくスケキヨの記憶に浸り、そこに身をまかせることが出来た。

しかし、今回の眠りは三日目に突然、胆振野によって破られた。

「すまんが、断れない客だ。用意してくれ」

寝床の横に仁王立ちになった胆振野の黒ずんだ顔を、私はぼんやりと眺めた。先程まで眠りの中で見ていた水路の青々とした藻の茂みが、うっすら部屋の隅で揺れているような気がした。水の煌きも。けれど、それはすぐに部屋の夕闇に消えていった。どうやら、見世が始まったばかりの時間のようだった。

「金魚鉢、出しておいたと思うのだけど……」

「ああ、わかっている。先方にも伝えたが、どうしてもと言ってきかないんだよ。今も待っている。床入りはせんでいいから、一刻《いっとき》ほど酌をしてくれないか。頼む」

　胆振野は苦々しい表情を浮かべながら、低い声で言った。私の耳には遠雷のようにしか聞こえなかった。理解するのにしばらく時間がかかる。やがて、断れる雰囲気ではないことがひしひしと伝わってきたため、私は溜息をついて起き上がった。すかさず小間使いの童が三人も駆け込んできて、慌しく準備を始めた。私の了承を確認しても、胆振野は表情を緩めず、渋い顔をしたまま黙って出ていった。彼らしくない。よほど借りのある懇意の客なのだろう。一瞬、佐井かと思ったが、どうやら違うようだった。童達の間にも妙な緊迫感が漂っていた。

　ほとんどされるがまま、身支度を整えさせられた。客の待つ座敷にふらつきながら入っていくと、驚いたことに誰も居なかった。動きを止めた私の後ろから座敷を覗き込んだ遣手婆が、驚いて甲高い声を張りあげる。

「誰もついてなかったのかい！　菘《すずな》、白亜が来るまで、お前に相手を頼んでおいたはずだがね！　童ども、ぼさっとしてないでさっさと探して来るんだよ！」

　菘と呼ばれたふっくらとした幼い新造は、小さくなりながら追い払われたのだと弁解した。癇癪持《かんしやくも》ちの婆は腹をたて、菘と消えた客を罵《ののし》りだしたので、私はうんざりして先に座敷に入って戸を閉めてしまった。

脇息を引き寄せて、もたれかかるように座る。腰周りがもったりと重く、身体がだるかった。月水の時は身体が水で満ちて湿っぽい。絹のひらひらした着物が、素肌に張り付いて不快だった。肌の調子は良かったが、顔色はいくら紅をさしても効果がなかった。面倒な客に会うには最悪の状態だ。媚びる気分に全くなれなかった。私はぼんやりとしながら、行灯の橙《だいだいいろ》色に揺らめく灯りを見るともなく眺めていた。

どれくらい時間がたったのか、ふいにその炎が激しく揺らいだ。顔をあげると、引き戸を開けて洋装の長身の男が、屈むようにして座敷に入ってくるところだった。振り返り、何やら廊下に向かって口早に告げると、音をたてて戸を閉め、こちらを向いた。鋭い目でさっと私を一睨みすると、口の端を歪《ゆが》めてにやりと笑った。

「やっぱりお前か。よう、久しぶりだな」

それは、あの剃刀《かみそり》男だった。

幼い頃の夢の続きなのかと錯覚してしまい、私は返事もせず、頭を下げることも忘れて、まじまじと剃刀男を眺めていた。尖った顎、傷のある頬、鋭い目と刃物で削ったように通った鼻筋、全てが昔と変わらず精悍《せいかん》な印象を持ったままだった。あの時の乾燥した裏華町の空気と日光の眩《まぶ》しさが男の背後に蘇《よみがえ》って、私のこめかみが疼いた。身体は昔より小さくなったように思えたが、私が成長しただけなのかもしれない。余裕はあるが素早い身のこなしで目の前に座り込んだその身体は、逞《たくま》しく引き締まっていた。

「なんだ、お前、全く変わらないな。相変わらず愛想もなけりゃ、気もきかねえようだな。噂とは大違いだな。所詮《しょせん》まだ小娘か」

ぽかんとした私の顔を覗き込み、笑いながらずけずけと剃刀男は言った。私はやっと我に返り、昔、剃刀男と会った時の自分の様を思い出し、流石に自尊心が傷ついた。

「もう濡《ぬ》れ鼠《ねずみ》ではないわ」

剃刀男はふんと鼻を鳴らした。

「ちゃんと俺のことを覚えていたようだな。なら、話が早い」

男は片手で私達の間の膳を、乱暴に脇《わき》に押しやった。いくつかの食器がぶつかり、倒れる甲高い音がした。私は驚いて、剃刀男の顔を見た。

「心配すんな、何もしねえよ。お前を抱きに来たわけじゃねえ」

そう言いながら逃げる間も与えず、膳を退《の》けたのと反対の手で私の腕を強い力で掴んだ。そのまま引き寄せる。脇息が転がって、私の上体がよろめいた。大きな熱い手だった。

「なあ、お前、俺に借りがあったよな？」

ゆっくりと威圧するように剃刀男は言った。私はきつく腕を摑まれたまま、尖った顎の下から男を見上げ、睨みつけた。

「昔のことを言っているのかしら？　あれは対等な取引だったと記憶しているけど。私があなたにお願いしますと頭を下げたかしら？」

剃刀男の細く尖った目が一瞬凶暴にぎらついたが、目を離さないでいるとゆっくり時間をかけて緩んでいった。男の口の片端が歪む。軽く突き飛ばされるように、私の腕は放された。私は少し後退《あとずさ》りしながら、背筋を伸ばして座布団に座り直した。

剃刀男は「ははっ」と笑い声をあげながら、悠々とあぐらをかくと上着から煙草を取り出した。私は慌てて近くの煙草盆と煙草入れを差し出す。おや、という表情で男は私を見た。

「葉巻でも刻み煙草でも紙巻でもなんでも揃っているわ。お客さんとして来たのでしょう？　どうぞ、お好きなものを」

剃刀男は目だけで笑うと、葉巻を一本選んで端を切り落とした。自分で火を点けると、美味《うま》そうに吸い込み、大きくゆったりと煙を天井に吐いた。薄い紫色の甘い香りの煙が、座敷に漂う。

「流石にいいもの置いているな、更津屋は。お前もまあまあ不自由ない暮らしが出来ているようだな。良かったじゃねえか」

「そうね。後は身体を壊さないように働いて、年季明けを待つだけだわ。だからってその先に何かあるってわけではないけれど……」

しばらく私達は黙った。剃刀男は漂う煙を眺めていた。もしかしたら、何も見ていなかったのかもしれない。考え込んでいるようにも見えた。ややあって言った。

「なあ、あいつ、どうしてる？」

「誰？」

「お前の小生意気な弟だよ」

「あなたの方が知っていると思う」

剃刀男が横目で私を見る。

「あれ以来、会ってねえのか？」

一瞬、あの青い晩、私の寝床に訪れたスケキヨを思い出したが、目を閉じて私は静かに頷いた。

「まだ生きているような噂は聞いたけれど、もう会うことは無いと思うわ」

自分に言い聞かせるように、私はゆっくりと言った。

「あなたは行方を知らないの？　あなた裏華町の人なのでしょう？」

剃刀男はまた天井を見上げて煙を吐いた。

「毎年、あれくらいの餓鬼はたくさん売られてきて、大体すぐ死んじまったり逃げたり。

まあ逃げたって、結局捕まっちまうけどな。いちいちどうなったか覚えてられねえんだよ。お前の顔見てふと思い出しただけだ、悪かったな」

独り言のようにそう呟くと、剃刀男はまた黙った。私も特にこれ以上言うことはなかったので、黙って剃刀男を眺めていた。

しばらくすると剃刀男は素早く立ち上がった。

「じゃあ、俺行くわ」

「え、もう？」

すでにすたすたと座敷を横切り、引き戸に手をかけていた剃刀男は可笑しそうに振り返った。

「言っただろ、小娘を抱く趣味はねえんだよ。遊女白亜の噂を聞いて、今日はちょっと昔話がしたくて立ち寄っただけだ」

「え……でも、何か聞きたいことがあったんじゃ……」

私は思わず勢いよく立ち上がってしまった。下腹に鈍い痛みが走って、顔が歪む。

「ああ、もう、いいわ。それよりお前、顔色悪いぞ、もう下がれ。寂しいなら、また来てやるからさ」

葉巻を挟んだ指で座っておけという仕草をしながら、剃刀男はにやにやした。何か言い返そうとすると、見計らったように引き戸が開いた。廊下に、昔見たことのある浅黒い俊敏そうな男が立っている。

「待たせたな、イヅマ。行くぞ」

剃刀男は煙を漂わせながら、すっとイヅマと呼ばれた浅黒い男の横を通り過ぎ、廊下に出た。ちらりとイヅマが私に視線を走らせる。その硬い表情は変わらなかった。きびすを返したイヅマの後ろから、廊下に首を出して私は声をかけた。

「もう一人いた体格の良い男は？」

「客の揉め事に巻き込まれて死んだ」

振り返りもせず剃刀男は言った。その背中はすぐに廊下を曲がり、消えていった。その煙の香りが消えやらないうちに胆振野がやってきた。

「ご苦労だったな、白亜。何もされなかったか？」

「ええ、大丈夫よ。裏華町の人間は出入り禁止ではないの？」

「あいつは特別だ」

胆振野は不味《まず》いものを飲み込んだ蛙《かえる》のような顔をした。

「あいつは火消しだからな」

「火消し？」

「裏華町内外で起きる厄介事を、あらゆる手を使って処理する、不気味で凶暴な連中のことをそう呼ぶんだ。だが、利と勝算があれば火付けにもなる。何にせよ敵に回すと厄介だ、奴《やつ》らは血も涙もない上に、失敗は許されない徹底した厳しい掟《おきて》に縛られている。それはそうと、そんな奴がお前に何の用だったんだ」

「さあ……昔話がしたかったとか何とか」

「知り合いなのか!?」

「昔ちょっと……」

胆振野は勘弁してくれとばかりに頭を抱えた。

「おいおい頼むから、厄介事はごめんだぜ」

「多分、大丈夫よ」

私の頼りない返事に、胆振野は大きな溜息をついた。

「本当かよ。あいつら火消しはそこらの迷惑客とは違うんだからな、どんな思惑があるのかわかったもんじゃない。用心してくれよ。何かあってもうちは何にもしてやれねえぞ、自治組織とも犬猿の仲だしな」

胆振野は弱音を吐くと、手で自分の部屋に戻っていいと合図をした。私は黙って自分の部屋に向かった。意識が完全に、曖昧な眠りから現実に戻ってきてしまっているのを感じながら。

次の日、雨があがっていたので、私は昼間から外に出ることにした。あまり目立たない地味な着物を着て日傘をさして通りに出たが、それでも遊女屋街を抜けたあたりから島の人間達からじろじろ見られだした。薄い布を頭にかけ、逃げているのではないことを示すために背筋を伸ばし、なるべくゆっくりと歩いた。

遊女はめったに昼間外に出ることはない。昼間は大体寝ているか身だしなみを整えているし、服や装飾品は物売り達が直接廓に売りに来てくれる。文を届けたいとか、菓子や嗜好品《しこうひん》が欲しいといったちょっとした用事は、お付きの童に頼んで行ってもらえば事足りる。それでなくとも、夕刻過ぎからは、様々な出前や物売りがうるさいくらい道と水路の両方を行き交うのだった。

それに、廓から逃げ出そうとしたり、好いた男と心中しようとする遊女が多かったため、不審な遊女を見かけた場合は自治組織に通告する決まりが島にはあった。廓に買われた遊女は楼主の許可状がなければ、渡し舟にも乗れなかった。一応、胆振野に声はかけてきたが、自治組織の者に捕まり詰問されるのは面倒だったので、すれ違う島民と目が合う度、私はにっこりと微笑んだ。

久々に全身に浴びる日光は、視界の何もかもを白く光らせていた。ただでさえ貧血気味だったのに加えて、室内のぼんやりとした灯りに慣れきった目が早くも強烈な太陽光に悲鳴をあげ、頭が疼きだしていた。私は自分の貧弱さを呪う。こんな身体では、年季明けしたとしても私の身体は愛玩《あいがん》用の人形として以外、何の役にもたたないではないか。

歓楽街の昼間のけだるさと小汚さが、そんな私の気持ちをますます暗くした。遊女屋の周りに建てられた宿場や、斡旋業《あっせんぎょう》をかねた飲み屋や引手茶屋《ひきてぢゃや》などは、夜はそれなりに活気づいているが、昼間は死んだ蝿《はえ》のようにうらぶれて、猥雑さに満ちている。店の人間も客と思しき人々も、皆眠たげな目をして億劫《おっくう》そうに身体を動かしていた。

ふいに軽快な足音がして振り返ると、小さな童が大きすぎる着物に足を取られながら、私の横を駆け抜けていった。姐さんから急ぎの用事を言付かったのだろう。少しほっとして、私はまた歩きだした。

大通りを抜けると、水路に沿って様々な飲食街や商店街が大木の根のように広がっていく。ここらの店は主に島民用だった。どの店も裏手は水路に面した住居になっている。昔、私達が住んでいた婆の家のように。私は真っ直ぐ、婆の店を目指した。

私ちょうどお昼時で、漁師達が大声をあげながら座り込んでいる定食屋が多かった。私はそういった喧騒を、毎日二階の部屋でぼんやり聞いていた昔を思い出した。幾人かの男が私を囃《はや》したてたが、振り向きもせず進む。あまり長くここにいたら、どんどん昔のことを思い出しそうだった。微《かす》かに胸がざわつき始めていた。

やっと辿《たど》り着いた婆の店と思しき場所には、もう婆の定食屋はなかった。不機嫌そうな顔色の悪い中年の男が、金槌を乱暴に振り回しながら何かを直していた。まるで親の仇《かたき》みたいに。その傍らで同じく中年の女が、走り回る子供を叱り飛ばしながら流しで洗い物をしていた。壁には用途のよくわからない金属の棒や板が、所狭しと掛けられている。どう見ても婆がいる気配はなかった。両隣の飲み屋とうどん屋はそのままだったので、間違っているはずはなかった。しかし、空き家にでもなっていない限り、スケヨがここに戻ってくる可能性はないだろう。私は、顔見知りに出会う前に早々にその場を去った。自分が生まれ育った街並みは、随分乾いて見えた。

それから一刻は経っただろうか、私は祠に向かう山道を歩いていた。時折、振り返っては、小さくなっていく街並みを眺める。山の反対側にも道があれば、裏華町も見渡せるのにと残念に思いながら。日はもう大分傾きだしていたが、今夜の勤めの休みはもらってあったので、私は焦らずゆっくり歩を進めた。それでなくても、祠への道は雑草だらけのひどい山道で、注意しなくては段を踏み外しかねなかった。

やがて、もう朱とも茶ともいえない色のひびだらけの鳥居が見えてきた。暗い時はわからなかったが鳥居は朽ちかけ、傾いていた。私はそっと鳥居をくぐって、祠のある苔《こけ》むした広場に向かった。湿り気を帯びた濃い緑の香りが漂いだす。最後の石段を登りきると、静かな青々とした空間が目の前に広がった。

時間の流れが緩まったように、苔むした広場は前と変わりなくひっそりと在った。頭上に生い茂った木々の隙間から、細い糸状の木漏れ日が数本、苔の上に線を描いていた。その周りを埃《ほこり》のように小さな羽虫が、ちかちかと飛び回っている。

私は柔らかい苔を踏みしめながら、祠に近づいていった。足音が苔に吸い取られて現実味をなくさせる。辺りの空気は重く湿っていて、肌寒さを感じる。祠は前と変わらず、蛇のように絡み合う樹木に埋もれるようにして建っていた。劣化は進んでいたが、もうほとんど樹木に溶け込んでしまっていた。まるで、最初からそれを意図して建てられたのだと言わんばかりの平静さと威厳が存在しているように見えた。ただ、祠の扉の掛金は壊れて落ちてしまっていた。そのため片方の扉はだらりと開いていた。もげた昆虫の翅《はね》のように。私は扉を慎重に引き開けた。細かい木屑《きくず》がばらばらとこぼれ、足元に散らばる。蠟燭《ろうそく》でも持ってくればよかったかと一瞬後悔したが、中に入った途端、すぐにその必要はなかったことを知った。祠の中は暗がりでもわかるくらい何もなかった。黴《かび》臭《くさ》い匂いと土の湿った匂いだけが、祠の中を満たす全てだった。壁に手を這わせて一回りしてみたが、何もなかった。あの法螺貝《ほらがい》も、たくさんの書物も、そして恐らくスケキヨが持ち込んだであろうたくさんの植物も。

私は一通り見回すと、溜息をついた。諦《あきら》めて出て行こうとして、歩き出した私の草履に何か小石のようなものがあたった。拾ってみる。祠を出て、広場の木漏れ日が当たっている場所まで行き、細い光にかざして見た。黒い小石のようだ。ただ、表面には滑らかで粘りを帯びた光沢があった。硬いが石ほどは重くなく、よく見ると茶とも黒ともいえない色をしている。普通の石には見えなかった。少なくとも、ここらの土地の石や砂とは違っていた。私はそれをしっかりと握り締め、祠の広場を後にした。

　途中、雑草の少ないひらけた石段に腰掛けて、街を見下ろした。日が暮れ始め、島のあちこちから炊事の煙が立ち昇り始め、大きな遊女屋の密集するあたりから次々に灯が点《とも》りだすまで、私はそこに座り続けた。夕涼みの風が梢《こずえ》を鳴らしながら、吹き抜けていく。廓の灯りは本土のデンキとは違って紅く暖かで、眺めているだけで高い笑い声や人々の熱気に満ちたざわめきが聞こえてきそうだった。それに惹《ひ》かれるように、島の周りに小さな灯りを点した小舟が集まり始めている。私は自分がそこからずっと離れた所にいるのを感じながら、ここ数日間で起こったことを思い返していた。それと同時に、まったく違うことを思い出してもいた。


　それは一年程前のことだった。馴染客の一人に、この島の雷魚《らいぎょ》と遊女の伝説を話したことがあった。スケキヨが私に語ってくれたように。

「そうか。その遊女と同じ名前だから、妬《ねた》まれるってわけだね」

　その客は気兼ねなくひょいと私を抱き寄せながら言った。彼はお世辞にも魅力的とは言いがたい外見だったが、私は彼のどことなく鷹揚《おうよう》なのんびりとした雰囲気を好んでいた。彼の体の動きは童話じみた穏やかさに満ちていて、余裕のある大きな動物を彷彿とさせた。彼の周りの空気にもそのおおらかさは満ちていて、私に日の当たる草原にいるような安心感を与えてくれた。それゆえ、御伽噺《おとぎばなし》などする気になったのだった。

「ただの作り話よ」

私は少し太り気味な広い胸に、顔を埋《うず》めながら言った。

「いや、でも、どこも似たような伝説があるもんだね。方舟《はこぶね》伝説とかさ」

「方舟？」

「本土よりずっと大きな国にある伝説。神様が七日間洪水を起こして、選ばれた人間と動物達以外を全て消し去る話さ。ああ、でもここよりもっと南にある島にも、そんな伝説があったな。その島に住む人達は、世界には自分達の島しかないって思い込んでいたんだ」

そういって、その島の伝説を話してくれた。それは、その島に住む人間達の乱れた行いに怒った神が、熱い熱い油雨を降らせて、この世界に生きる全てのものを死に絶えさせたという話だった。行いの正しかった、たった二人の兄妹だけを残して。そして二人は世界を創《つく》りなおすのだった。

太く、眠気を誘うその声で語られる話を聞きながら、無防備になった頭で私は私とスケキヨのことを考えていた。もしも、この世に私達二人だけだったなら。もしも、あの時、私がスケキヨよりずっと混じりけのない強く優しい魂を持っていたなら。こんな私達でも、今も一緒に居られたのだろうかと。そんな仕方のない事を考えてしまったことを思い出した。

スケキヨのことを、ずっと考えないようにしていた。想えば想うほど、後悔と絶望が深くなるのはわかっていたから。

「ねえ、スケキヨ。どうして神様は人を滅ぼすのが好きなのかしらね。どうして私達は試されなければならないのかしらね」

すっかり暮れてしまった藍色《あいいろ》の空気の中に、いつしか私はそう呟いていた。

そして、私はスケキヨに向かって問いかけたのが、本当に久しぶりだという事実に気がついた。恐らく、新笠の言っていたことは正しいのだろう。スケキヨはどこかでちゃんとまだ生きているのだ。そして、今の私にはその事実だけで充分だった。それ以上何かを望む資格など無かった。しばらく、そのことを自分の中で確認すると、私は立ち上がり暗くなった山道を降り始めた。ゆっくり、ゆっくりと、一歩ずつ確かめるように。

「これは、龍涎香《りゅうぜんこう》ではないかな。多分」

佐井は私が祠から持ち帰った黒い小石を、ひとしきり嗅いだり眺めたりした後で言った。

「りゅうぜんこう?」

佐井が学者の息子という噂を聞いていたので、もしやと思って石を見てもらったのだった。佐井は困ったように笑う。

「本当のことを言うと、学者ではなくて薬問屋の息子なんですよ。しかも、うちではこういうのは扱ってないですね」

「でも、それが何かは知っているのね」

「まあ、一応知識として。これでも薬師《くすし》の免状は持っていますので。そういえば、この島には免状は持っていないが、昔ながらの調合を駆使して人を治す優秀な薬師みたいな人がいるという噂を聞いたことがありますね。いや、まじない師というべきか。そういう人間なら、こういうのも薬として使うのかもしれませんね」

「この島にまともな医者はいないわ。それは普通何に使うの？」

「これが本物の龍涎香だとしたら一級品の香料ですね。だけど、僕ではその調合の仕方はわかりませんが。抹香鯨《まっこうくじら》の胃や腸にできる結石だと言われています。ここで手に入るとは……」

佐井は私の手に石を返しながら説明した。私はそれをもう一度眺めた。

「抹香鯨って？」

「海にいるとてつもなく大きな魚ですよ。きっとあなたの魚の概念では想像できないくらい、大きい」

「ここは海じゃないのに」

そう答えた私を、佐井は驚いた顔をして眺めた。やがて声をあげて笑いだす。

「あなたは聡明そうな顔をして、何も知らないのですね。この島は本土から海に通じる大きな川の途中にあるんですよ。海からの流れと川からの流れが入り混じる変わった環境なんです。だから裏華町の方には、海からの贈り物が流れ着いても不思議ではない」

「……地図なんて見たことがないし、自分がどこにいるか知ったところで、ここから出ていけるわけではないから」

そう答えた私に佐井は近づいた。笑ったことを詫《わ》びるように私の頬を撫で、唇を寄せてくる。私は佐井の薄く閉じられた瞼と白い額をしばらく眺めた。佐井はしばらくじっと私を抱きしめていたが、少し身を離すと呟いた。

「確かにこういったもので香料を作ったとしたら、あなたのような素晴らしい香りが出来るかもしれない。調合方法はわかりませんかね？」

「さあ……。香屋にでも鞍替《くらが》えなさるつもり？」

私は笑いながら龍涎香なるものを、匂い袋の中に押し込んだ。そっと懐に忍ばせる。

「それに、温暖化のせいで亜熱帯に近くなったこの島の気候なら、南国の香りの高い樹脂を産む樹木も育つかもしれないし……なるほど」

佐井はしばらく自分の仮定と想像に入り込み、感心したり納得したりしながら独《ひと》り言《ご》ちた。私は黙って微笑みながら、佐井を眺めた。

その晩、いつものように丹念に背中を愛撫《あいぶ》した後で、行為の最中に佐井は私の首を絞めた。脈打つ身体と熱に浮かされた頭に、温度も音もない暗闇が訪れた。

やがて、目覚めた私に佐井は尋ねた。取り戻した自分の身体は重く冷たかった。

「何を見たの？」

私は目尻に流れた涙を拭《ふ》きながら答えた。

「深い水の底の大きな魚を……」

「鯨の話なんかしたからかな」

少しばつが悪そうに、佐井は言った。私はまた黙って微笑んで、枕《まくら》に顔を埋めた。


雨季も過ぎ、島は穏やかな天気の日が続いていた。

私は毎日、目覚め、着飾り、客を取り、その客の要求のままに笑ったり、拗《す》ねたり、悲しんで見せたりし、適度に手を抜きながら何も深く考えることなく眠りについた。機械のように規則的に。

廓では時折騒ぎが起き、誰かが傷ついたり、手痛い仕置きがなされたりした。しかし、それも数日ひそひそと囁かれるだけで、すぐにその空白は埋められ、澱みは取り除かれて、何事もなかったかのように店の営みは続いた。私達は大きな動物の内臓に棲む小さな虫のようなものだった。

ある柔らかな天気の日、私は早めに起きて湯浴《ゆあ》みを済ませ、大部屋横の長く続く廊下に面した縁側に座っていた。下ろし髪に浴衣《ゆかた》姿のままで。身体から先ほど染み込ませた香油の清々《すがすが》しい香りがたち昇ってくる。「いい匂い」。私は小さく呟く。「迷迭香《マンネンロウ》という植物から採ったものだよ」。幼いスケキヨの声が頭の中で響く。匂いの記憶は特別だ。見たものや聞いたものは日々移ろっていくのに、匂いだけは忘れることが出来ない。それは一瞬で鮮やかに記憶を蘇らす。いつだって褪《あ》せることなく、私の鼻の奥をつんとさせ胸を苦しくさせる。私は軽く頭を振ると、庭に目をやった。

縁側からは、手入れの行き届いた中庭が見える。蕾《つぼみ》がひらいたばかりの甘酸っぱい匂いがたち込めて、黄緑の葉が日の光に輝いていた。まだ、早い時間だったのであまり人も行き来しておらず、庭の植物は朝露を光らせ清らかさを保っていた。黒く湿った土が、日の光に温められてうっすら水蒸気を立ち昇らせ始めている。小鳥の囀《さえず》りや虫の羽音が心地よく耳に響く。

朝早くから長廊下わきに座ったのにはわけがあった。胆振野から、新笠の様子を窺って欲しいと頼まれたのだった。新笠は最近勤めを休みがちで外出も多く、何か悩みでもありそうな雰囲気なのだと胆振野は言った。自分が聞くと詰問しているみたいになるから、私からそれとなく相談に乗ってやって欲しいと遠慮がちに頼まれた。そういえば、私もしばらく言葉を交わしていなかったし、見世でも新笠の姿をあまり見かけなかったことを思い出した。あれほど楽しみにしていた夏至祭さえ、誘いにも来なかった。それでも、突然部屋を訪れるのも間が空きすぎていてわざとらし過ぎる様な気がしたので、長廊下わきで待ち伏せすることにしたのだった。湯場に行くときはここを必ず通らなくてはいけない。新笠が通りかかったら、偶然を装って声を掛けるつもりだった。

しかし、朝の中庭の景色は思ったよりも平和に満ちていて美しく、私は目的も忘れて魅入ってしまっていた。柔らかな眠気が陽気と共に身体を包みだした頃、誰かが私の横に腰を下ろした気配がした。もたもたと首を曲げると、立膝で座る長い洋装の脚が最初に目に入った。思わず背筋を伸ばして、その顔を見上げる。

剃刀男だった。人を小馬鹿にしたような笑いを、尖った頬に貼り付けながらこちらを見ている。

「あなた……まだ、うろうろしていたの？」

私は反射的に身を引きながらそう言った。剃刀男は行く手を塞ぐように手を広げながら、「おっと、逃げるなよ」とせせら笑った。

「勘違いするなよ、客として来たんだよ」

「どうかしら。信用できないわ」

「はっ。そりゃお前みたいに昼間っから素顔に浴衣でうろうろしている小娘にはわからねえ大人の事情がいろいろあるんだよ」

頭を小突こうとしている剃刀男の骨ばった手を払いのけ、睨みつけた。

「こんな早くから来るからでしょう。まだみんな化粧する時間ではないわ」

「ったく、だから小娘だってんだ。今来たわけじゃねえよ、昨夜《ゆうべ》から居続けなんだよ。腐る程いるだろ、そんな客は。なのに、お前はそんな格好でぼさっとしやがって、不用意な奴だな、まったく」

一瞬、頭に血が上った。が、これ以上つっかかるのも、剃刀男の思惑通りな気がしてしゃくだったので、膝を抱えて座りなおし、庭の方を向いた。

しばらく、庭を見ていると、黒っぽい物が塀の上に丸まっているのに気がついた。小さな、しかし鼠よりは随分大きな動物のようだ。長い尻尾《しっぽ》が均衡をとるようにゆらゆらと揺れている。やがて、その動物は柔らかい動作でぽとりと塀から飛び降りた。何の音も衝撃もないようだった。生き物というより影のようなその黒い動物は私達の方を見て目を細め、赤子のような声で鳴いた。真っ赤な口がぱっくりと逆三角にひらく。

「あれは何？」

剃刀男は何のことかわからないというようにこちらを見た。私の指し示す先を見て、

「ああ」と呟いた。

「猫だよ。見たことねえのか？」

私はこくりと頷いた。猫というらしい動物はこちらを暫《しばら》く窺っていた。私が「おいで」と手を伸ばすと、またも赤子のような鳴き声をあげて駆け寄ってきた。やはり足音がしない。影のようだ。抱き上げると驚くほど柔らかく、生温かかった。ぐにゃりとした身体は関節がないみたいだった。

「片目が潰れている」

私が猫をもてあまし気味に抱きながら言うと、剃刀男は片手で猫をつまみ上げ、縁側の下に置いた。剃刀男の首筋が目の前をかすめる。薄荷《はっか》のような蜜《みつ》のような肌の香りがした。廓の女の匂いではなかった。

「この島にはよく生き物が捨てられるんだ、奇形のな。本土の奴らが船から水にぽいぽい放り込んでいきやがる。猫はあまり泳げないからな、確かに島ではあまり見かけねえな」

「あなたは本土に行ったことがあるの？」

「何度もな」

「どうして？　島の人間は身分証がないと本土には行けないのに」

「だから、俺はその身分証を持ってんだよ。だからこそ、こんなお役にもついてるってわけだ。裏華町は本土のお偉いさんの後ろ盾なしにはやっていけねえ、いろいろな事をやりとりする連絡係が必要なんだよ。俺のことは楼主から聞いてんだろ？」

私はぎこちなく頷いた。剃刀男がちらりと私を見る。

「見たいか？」

「え……？」

「証拠だよ。本土に行けるっていう」

答える間も与えず、剃刀男は袖の釦《ボタン》を外すと左腕の上着をまくりあげた。幾つも傷のある筋肉質の腕がむき出しになる。その腕の肩と肘との中間辺りを、剃刀男は私の目の前に突き出した。そこには幾つかの算用数字が焼き付けられていた。くっきりした数字の周りの皮膚が溶け、引き攣《つ》れて不気味な光沢を放っていた。

「なにこれ……」

その焼印の禍々《まがまが》しさに、思わず眉をひそめた。

「身分証」

「……本当にこれが？」

「何故そう思う？」

剃刀男は自虐的に口を歪めて笑った。

「いいえ……」

私は言いかけた言葉を呑み込んだ。

島の人間は何か辛いことがあると、本土に行ければと願っていた。身分証を手に入れて本土に行くことができれば、この島の荒《すさ》んで不幸な運命から逃れて、新しい人生を始めることが出来ると信じていた。だが、剃刀男の腕に焼き付けられた烙印《らくいん》は、自由から は程遠い感じがする。家畜じみた物悲しさが漂っていた。

「まあ、なんにせよこれが登録されてるって証《あかし》だからな。そんな顔すんな」

私の考えを読んだかのように軽い口調でそう言いながら、剃刀男は上着を元に戻し袖口の釦を留め直した。

「とうろく？」

「ああ、まあ、俺がここに存在してるって証みたいなもんだよ」

大部屋で女達が起きだした物音がし始めていた。日も随分昇ってきていた。先程の猫は丸くなったり伸びたりしながら、庭に舞い降りてくる蝶《ちょう》を捕まえようとしている。剃刀男は欠伸《あくび》をしながら大きく伸びをした。厚い筋肉に覆われた胸が反り返る。

「じゃあ、また来るわ」

またも唐突にそう言うと、剃刀男は立ち上がった。縁側の板が音をたてて軋《きし》んだ。

「誰かお気に入りでもいるのかしら？」

からかったつもりだった。剃刀男は薄く笑って言った。

「妬《や》くな。今度はお前を指名してやるよ」

「お気遣いは無用です、もちろんお情けも。困っておりませんので」

私が意地悪く言うと、男は鼻を鳴らしてきびすを返した。この男に媚《こび》を売る必要はない。が、廊下に出た剃刀男の背中に、私は背中を向けたまま声を掛けていた。

「ねえ」

「なんだ」

「私は登録されてないから、存在していないってことになるの？」

剃刀男はしばらく黙った。振り向かなかったので、彼がどんな表情をしているのかはわからない。やがて、剃刀男が数歩こちらに近づいた気配がして、唐突に頭を撫でられた。かき回すような乱暴な触れ方だった。

「この島全部がそうなんだよ、お前だけじゃない。それに、そんなこと大した問題じゃねえ」

そう素早く言うと、剃刀男は廊下を歩き去っていった。歩き去っていった方から女達の驚いたような小さな悲鳴が聞こえたが、私はずっと庭を見続けていた。片目の黒猫が私の方を見て、白い牙《きば》をちらりと覗かせながら鳴く。その顔はなんだか嘲笑《あざわら》っているように見えた。

剃刀男に撫でられて乱れた髪を直しもせずに、私はしばらくぬるま湯のように穏やかな庭を眺めていた。

その後、三日程、長廊下で待ってみたが、新笠に出会うことはなかった。そのうち、さりげなさを装うのもだんだん面倒になってきた。よく考えれば新笠に会いに行くのに、気まずさを感じるのもおかしな話だった。別に仲違《なかたが》いをしたわけではないのだ。スケキヨと思しき獏使いの男の一件で多少失望させた程度だろう。そんなに意識しすぎる必要はないのだと言い聞かせて、新笠の部屋へ直接向かった。

途中、俯《うつむ》いて歩く童に廊下で軽くぶつかった。ぶつかった割りに反応がなく、不審に思ってその顔を覗くと、新笠付きの小間使いのハナだった。目が腫《は》れている。頬も鼻の下もただれて赤くなっていた。随分、泣き腫らした顔だった。

童を苛めてうさ晴らしをする姐さん遊女も多かったし、小間使いの頃はとにかく厳しく躾けられるから、泣き腫らした顔の童など廓では珍しくもなかった。もっとも、幼い頃から意地があり、決して泣かない童もいる。私も泣かされたことはなかったが、私の場合は意地ではなく、辛くて耐え切れず泣くという神経が上手く育っていなかったためのように思う。そして、その上手く育っていない神経は、喜びや怒りといった感情にも及んでいた。私は想いを体の反応に繋げる糸が、ほとんど途中で溶けてしまっているようなものだった。

しかし、ハナはそのどれにも当てはまらない童だった。新笠は明るく気立ての良い人柄だったし、ハナのことを小間使いというよりは実の妹のように扱っていた。噂によると、ハナと新笠は親戚《しんせき》のようだ。母親を亡くした後、新笠が自ら望んで引き取ったらしい。ハナは実の親からは酷《ひど》い折檻を受けていたようで、未《いま》だに大声や大振りな動作を恐れるし、めったに言葉を発しない。多分、子供らしい声をあげたりする度に体罰を受けていたのだろう。だが、新笠の邪気のない明るい性格と辛抱強い優しさに触れてから、ハナは笑うようになった。客がいないときは二人で寄り添って、変わりばんこに耳打ちしながら、いつまでもくすくす笑っていた。新笠にとっても、ハナは心許せる存在のようだった。そして、新笠はハナの生い立ちを気遣って、決して泣かせるようなことはしなかった。そのハナが泣き腫らした顔でぼんやり歩いていた。

「どうしたの、ハナ?」

私が声を掛けると、ハナはたった今、人がいることに気がついたという顔をして、凍りついてしまった。硬直したまま、私を見上げようともしない。

「その顔は? 誰に泣かされたの?」

私は廊下にしゃがんで、真正面からハナの顔を見た。私だとわかってハナは幾分落ち着いた顔をしたが、まだ肩に力が入っていた。私の問いかけに激しく首を振る。そのそばからまた目尻から涙が滲みだし、首の動きに合わせて散った。

「ハナ」

手で頭の動きを止め、つやつやとしたおかっぱ頭を撫でてやると、ハナはくうという音を喉から洩らしながら、声を殺して泣きだした。大粒の涙が、磨きあげられた鼈甲色《べっこういろ》の廊下に音をたてて落ちていく。

「声、出していいのよ」

　ハナは嫌というように激しくかぶりを振った。詰まった鼻の代わりに口で息をしようとして、激しくしゃくり上げながらむせ込んだ。触れた頬が熱くなっている。昔、スケキヨが売られた時、噎《むせ》び泣いた自分を思い出して濡れたような気分になった。私は無理に明るく笑った。

「それじゃあ、私にはわからないわね。あんたの姐さんに慰めてもらおうか、ちょうど新笠の部屋に行く所だったのよ。さっさと来たら良かった。四日も湯場の前で待ってしまったわ、あんたの姐さんはどうしているの？」

　新笠のことならば、何か話すと思ったのだった。しかし、ハナはまた硬直してしまった。息の吐き方を突然忘れてしまったかのように。僅かな目の瞬《まばた》きと、それにつれて転げ落ちる透明な涙以外、動きを失った時間がしばらく続いた。やがて、ハナの口から隙間風のような弱々しい言葉が、密《ひそ》やかに洩れた。

「姐さんはもう湯場には行けぬの……」

「え……どういう事」

「姐さんの身体……もう人に見せられんの。ハナが止めてもいかんの。姐さん……痛くて苦しそなのに……行ってしまうの。……姐さんを止めて下さい……お願い」

ハナは時間を掛けて、嗚咽《おえつ》混じりに少しずつ吐き出すように言うと、また肩を震わせて泣き始めた。そのうちハナは壁に背をつけたままずるずるとしゃがみ込み、小さな腕に頭を埋めて、鞠《まり》のように丸くなった。まるで何かを小さな身体で守ろうとするように。そのままの姿勢でハナは泣き続けた。ちょうちょ結びにした紅い帯の端が垂れて廊下に達している。その尻尾のような布が嗚咽に合わせて震えるのを、私は黙ったまま見つめていた。大きな雲の影が廊下にたたずむ私達を音もなく覆っていった。


「入るわよ」

一応、声を掛けたが、返事を待たずに私は新笠の寝室の襖《ふすま》を開けた。

驚いた顔の新笠が寝床の中で半身を持ち上げた。薄い寝巻きの上から肩掛けを慌ててはおると、首の下の辺りでその裾を合わせて握り締めた。そのまま、黙って探るようにこちらを見ている。目つきが険しい。

私は後ろ手に襖を閉めた。

「お久しぶり、新笠」

新笠は黙ったままだった。私は何くわぬ顔を装って、にっこりと笑った。

「少し空気悪くない？　開けるわよ」

私は窓を開け簾を上げた。夏の日差しと共に風が部屋に滑り込んできて、寝台の天幕を揺らした。新笠が眩しそうに目を細める。明るい所で見ると新笠はひどく顔色が悪かった。貧血気味なのか、土気色の肌をして眼窩《がんか》は窪《くぼ》み、隈《くま》が出来ていた。唇も色を失い、かさついている。

「新笠、あなたどこか悪いの？　ひどい顔をしているわ。ちゃんと食べているの？」

私は驚いて、新笠に駆け寄った。新笠は顔を伏せ、私の質問には答えず鋭い声で言った。

「胆振野ね」

「え？」

「自分じゃ聞けないから、白亜に頼んだのね。答えておいて、あと二月ばかりは客を取らないと。堕ろし薬の毒が今になって回ってきたみたいだといえば、あいつ何も文句は言えないはずだから」

「どういう意味？」

私が聞くと、新笠は自虐的に笑った。そんな意地の悪い新笠の顔を見るのは初めてだった。少したじろいだ。

「理由を本当に知りたいの？　白亜が私なんかにそんなに興味があっただなんて、驚きだわ」

私は小さく溜息をついた。わけは知らないが、新笠は荒んでいるようだった。こんな状態では話が出来ない。新笠に背を向け、私は襖に手を掛ける。

「どこ行くの？」

「出直すわ。いきなり来て悪かったわね。ハナにいって薬湯でも用意させるわ」

振り返って新笠を見ると、彼女はなんとも言えない顔をしていた。すがるような、責めるような。もし強い力を加えたなら、粉々になってしまいそうな危うげな表情だった。思わず、可哀想《かわいそう》な気持ちが湧《わ》きあがる。引き手から手が離れた。

新笠の寝床に近づき、膝をついた。新笠は相変わらず襟元を握り締めたままだった。ハナの言葉が頭を過《よぎ》った。薬のせいで痣でもできているのだろうか。それにしても湯場にも行けず、客も取れないほど酷いものなのだったら、本土の医者に診《み》せた方がいいのではないだろうか。なるべく優しい声を出すように注意しながら、私は言った。

「新笠、一番心配しているのはハナなのよ。顔が腫れるくらい泣いていたわ。もちろん私だって心配しているわ。部屋に籠っているより、胆振野に頼んで医者に診てもらったらどうかしら？」

ハナの名を聞いて、新笠はぴくりと肩を震わせた。

「何て言っていたの、あの子？」

「正直言ってよくわからなかったけど、あなたが辛そうだと……可哀想に、獏使いの薬が体に合わなかったのね」

　私のその発言に新笠は、え、というような顔をした。やがてどこを見ているのかわからない虚《うつ》ろな目になると、喉の奥で笑い声をあげた。

「何が可笑しいの」

　思わず不愉快そうな声が出て、私は立ち上がっていた。

　新笠はしばらく肩を震わせていたが、顔をあげて私の顔を見た。その目はまた先程のように意地の悪い光を宿している。

「いいえ、何も。そうよ、その通りよ、あなたの弟の薬は私なんかには合わないみたいね。それでも、私はまだ彼の治療を受け続けているのよ、毎週ね」

「まだ弟だって決まったわけではないわ。それに、スケキヨは名医だったわ」

　私は思わず言い返してしまっていた。慌てて目を逸らす。新笠の目が自分に注がれているのを感じながら、窓の外に視線を彷徨《さまよ》わせた。スケキヨの話になると、感情を抑えることが出来なくなってしまう。構える間もなく、動揺してしまう。

「あの人、スケキヨって言うのね」

「…………」

「ねえ、白亜、こっち向いて。お願いよ」

　新笠が私の指にそっと触れる。私はゆっくり時間をかけて新笠を見下ろした。何故か、新笠の顔を見るのがわけもなく恐ろしい気分だった。新笠は笑っていた。意地悪い顔ではなかったが、絵に描いたような平たい笑顔で。そして、同じく平たい声でいった。

「ねえ、白亜。私、あの人と約束したの。もし私が耐えることが出来たら、あの人、私の恋人になってくれるのよ。そしたら、白亜は私のお姉さんね。傷は二月もあれば癒《い》えるでしょうし、大丈夫よ。今、騒ぎたてることは何もないのよ。だから、胆振野にはさっき言ったように伝えて」

傷？　恋人？　私はわけがわからなくなった。傷が出来て、耐えなくてはいけない治療などあるのだろうか。新笠とスケキヨは一体何をしているのだろうか。私の知らないスケキヨの事を新笠の口から聞いて、私は不覚にも哀《かな》しくなった。先程感じた恐れの正体が解った。私の中のスケキヨはまだ幼いままで、変わることのないものだった。だが、もう、違うのだと気付いた。そして、その事実は私に構える間も与えず、私の胸をあっという間に切り裂いた。鋭利な刃物のように。

「胆振野は納得するかしら……」

そう、呟くのがやっとだった。息が苦しい。

新笠はうんざりした表情を浮かべ、布団に身を投げ、首元まで毛布を引き上げた。

「胆振野は何も言わないわ。だってもともとは自分が元凶なんだもの。堕ろした子はあいつの子供よ」

私は驚いた。胆振野が父親だという事にではない。廓では楼主が店の遊女に手を出すことなど日常茶飯事だったからだ。私が驚いたのは、胆振野が自分の子供と知っていながら堕ろすのに同意した事だった。更津屋は儲《もう》かっていたし、胆振野は豪快で温情溢れる人柄だったから、遊女の子供だろうが子の一人や二人くらい喜んで育ててくれるだろうと思っていた。

「胆振野、そんなに胆《きも》の小さい男なの？」

「違うわ、私じゃなかったら喜んで産ませたでしょうね。でも、私は駄目なのよ、私も産みたくはないわ。だって私、胆振野の娘なのよ。あいつ実の娘に手を出したの」

新笠は擦《かす》れた声で笑った。

「よくある話よ。昔、胆振野がまだ若くて使い走りの消炭《けしずみ》だった頃、ある遊女と恋仲になったの。それが私の母よ。二人で島から逃げようとしたのだけれど、失敗して捕まってしまったのよ。その時、必ず迎えに来ると胆振野は約束して去った。彼が去ったその後に母は身籠っていることを知ったの。面倒を起こした上に妊娠してしまった母は疎まれ、ひどい扱いを受けて、私を産んでから病にかかりすぐに死んだわ。この話は母の妹、ハナの母親に聞いたのよ。その後、引手茶屋を追われた胆振野は約束通り真面目に働き、人柄を買われて、更津屋の前の楼主の養子になったけれど、母の行方を知ることは出来なかった。そのうち探すことも諦めてしまった。私は彼が父親だって知っていたけど、自分からは言おうとは思わなかったわ。多分、私は何か奇跡みたいなものを期待していたのだと思う。でも、そんなものはないのね、結局こんなことになるのよ。酔った胆振野が私を押し倒したとき、私もう何もかもが馬鹿馬鹿しくなって、笑いが止まらなかった」

新笠は焦点の定まらない目で天井を見上げながら、一気に言った。

「本当にここは何もかも愚かで馬鹿馬鹿しい……」

「胆振野は知っているの?」

「知っているわよ。私、妊娠してから全てを伝えたの。それが私に出来る復讐《ふくしゅう》だから。胆振野は母のことを覚えていたわ。だから、それ以来、後悔のあまり腫れ物に触るように私に接しているわ。でも、自分から何かをする勇気はなくて、ただ私の言いなりになっているだけだけれど。今回も白亜を通じてしか何も言ってこない。まあ、私は休みがもらえればそれでいいのだけれど」

何といって良いかわからなくて黙っていると、新笠は傷ついたような顔をした。そんな目で見ないで欲しいと言いたげな顔だった。慰めたほうがいいのかと思ったが、この島にいる人間は、皆多かれ少なかれ悲惨な目にあっている者ばかりだった。色街の人間は特に。一緒に傷ついたところで、何の足しにもなりはしない。周りも自分も忘れるか、笑い飛ばすしかない。何かを余分に抱え込めば、いつかはその重みで島を取り囲む腐った水に沈むだけだった。

何か明るい話題がないか考えていると、新笠がはっきりとした声で言った。

「白亜、私と約束して」

「……何を？」

「もし、獏使いのあの人と私が恋仲になることが出来たら、三人で会って欲しいの」

心臓が脈打った。

「……新笠は獏使いが好きなの？」

新笠は何故か挑むような顔をして答えた。

「好きよ」

「じゃあ、よくわからないけど応援した方がいいのね。実はハナには会いにいくのを止めて欲しいと言われていたのだけど」

「白亜は応援してくれるの？　本当に？　心から？」

新笠は寝床から起き上がり、真剣な顔で私に詰め寄った。

「するわ。でも三人で会う約束は出来ない。わけは聞かないで頂戴」

私は新笠の目に籠る熱気をかわすように、無表情で言い切った。そして、新笠の表情を見ないように、いそいそと立ち上がった。

「胆振野には言われた通り伝えるわ。ついでに懲らしめのために、本土の料亭から滋養のある薬膳でも取り寄せさせるわ。くれぐれも無理をしないで大事にしていてね」

返事はなかった。失望したひやひやした気配を、きびすを返した背中に感じたが、構わず歩を進めた。再び布団に横になる衣擦《きぬず》れの音が、空《むな》しく部屋に響く。新笠を哀れには思ったが、たとえ病人との口約束でも、その約束を結ぶことは今は出来そうにない。私は何事においても、事実を呑み込むのに時間が必要な質《たち》だった。特にスケキヨに関しては。

「よく平気ね」

氷のような声が背中に刺さる。

「白亜は冷たいわ。弟に会いたくないの？」

「……私は私と同じ魂がこの世のどこかに存在していてくれれば、それで満足なの」

自分がどんな顔をして言っているのか、もうよくわからない。なるべく正直に言葉を選んで、ゆっくりと言った。新笠が寝返りを打つ気配が背後からした。小さな溜息も。

「誰かとそっくり同じ魂なんて、この世にはひとつとして、無いわ」

私は笑った。

「じゃあ、私の勘違いなのね」

振り返ると、新笠が布団の中でこちらに背を向けていた。私は静かに襖を閉めた。

廊下に出ると、ハナが息を殺して立っていた。私は軽く首を振る。謝罪を込めて。ハナの邪気のないふっくらした顔に、悲しみの靄が広がるより一瞬早く、私は屈んでその愛らしい小さな耳に囁いた。

「次、姐さんが出かけていく時は、私に知らせなさい」

ハナの大きな黒目が私を見る。

「ちゃんと起きていられる？」

ハナは何度も大きく頷いた。「いい子ね」。私は頭を撫でた。子供の汗の匂いがした。甘い乳のような。懐から小銭を出すと、汗ばんだ小さな手に握らせる。

「さ、元気を出してこれで新粉《しんこ》でも買っておいで。姐さんの分もよ」

ハナは嬉しそうに笑って頷くと、廊下をことことと駆けていった。その後ろ姿を眺めながら、スケキヨの中の私もあのくらいのままなのだろうかとぼんやり思った。


五日ばかりは平穏な日が続いた。ハナは小まめに新笠の様子を伝えに来てくれていた。とは言っても、口数の少ない子なのであまり具体的にはわからなかったが。新笠は日に数回軟膏《なんこう》を塗り替え、時折行水をする以外は横になっているようだった。ハナとふざけたりすることもほとんどなくなり、ハナは寂しそうだった。いつも八日置きくらいに真夜中こっそりと出掛けていっては、ぼろ布のように疲れきって明け方に帰ってくると、ハナはたどたどしく言った。

スケキヨは一体新笠に何をしているのだろうかと私は悩んだ。しかし、考えれば考える程、昔の幼いスケキヨと今のスケキヨとは違うのではないかという事実に行き当たり、気分が塞いだ。私は幼いころと比べてあまり変わっていなかった。生まれつき外からの刺激に対応することが下手《へた》な上、特に何かに強い興味を持つということもなかった。いつでも、ぼんやりと在るがままで居た気がする。

しかし、スケキヨは違うのかも知れない。スケキヨは学び、成長し、時には誰かを利用したりしながら、はっきりとした野望や目標を持った人間になったのかもしれない。思えば、昔からそういう所はあった。ただ、私がどうしてもわからないのは、スケキヨが誰かを特別に想うだろうかという点だった。スケキヨが新笠に執着しているという可能性がどうしても受け入れられなかったのだ。それが愛情だろうが憎しみだろうが、スケキヨは他人に固執するような人間ではなかった。やはり、新笠の言う通り、私とスケキヨは違う人間なのかもしれなかった。

ハナからの連絡を待つ間も二回ほど廓の中で剃刀男を見かけた。男が何を考えているのかも正直よくわからなかったが、警戒心は薄らいできていた。剃刀男は顔を合わせると軽口を叩いたが、相変わらず私の部屋に来ても私に触れることはなかった。

その晩、私は次の客が来ると嘘《うそ》をついて、初老の神経質な馴染客を真夜中になる前に帰した。そして、化粧を落とさずに天幕のかかった寝具の中で待った。予感があった。

一番深い香りの香を選び、灯りを消して焚く。その森のような香りが、ゆっくり部屋にたち込めていくのを黙って感じた。白い月の光が香の靄を闇に浮き上がらせる。月は凛と冴えていた。胸が痛くなるほどに。スケキヨ。胸の奥で呟く。

夜半を一刻半ばかり過ぎたころだろうか、小さく戸が叩かれた。

「白亜姐さん……」

ハナの声だった。私は寝所から素早く滑り出る。

「来たの？」

「うん。急いで。姐さん、もう水場に向かっている」

「案内して」

ハナは頷くと、提灯をゆらゆら揺らしながら先にたって廊下を走り始める。流石にもう廓は静まり返っていた。いくつかの部屋はほんのり灯が点って艶《つや》っぽい物音がしていたが、ほとんどは寝入っているようだった。ハナの影が大きく廊下の壁に映っていた。

私達は裾をつまみ上げ、なるべく音をたてないように進んだ。

ハナの言った水場は見世の横にある船客用の桟橋ではなく、店の一番隅にある炊事場横の水場のことだった。炊事場は真っ暗で誰も居《お》らず、鍋《なべ》や包丁だけがひんやりと月に光っていた。私達は水路に繋がる石段を降りた。この水場の上は遊女の部屋になっており、部屋から突き出た窓のせいで、下の水場は暗く人目につきにくい。その暗がりの一番端に小舟と人影が見えた。ちょうど雲が月にかかっていて、顔の判別は出来ない。

私は自分で持ってきた燭台の蠟燭にハナの提灯から火を取ると、それを掲げて近寄っていった。横の石壁から苔の匂いがする。柔らかい水の打ち寄せる音が足元から聞こえた。奥に行くほど足場が細くなっていく水場なので、私は慎重に歩を進めた。人が一人やっと通れるくらいの幅しかなかった。

私が近づくと、人影は動きを止めた。二人居る。一人は舟に、一人は水場に立ち尽くしてこちらを窺っている。舟に乗っている方は、小柄な背の曲がった渡し守だった。長年舟を扱い、体が櫂《かい》に馴染みつくした空気があった。私達の姿に気付くやいなや、いつでも最速で舟を漕ぎ出せるように傾きを変える。曲がった腰で足場を固め、亀のような首で均衡を保っていた。見間違うはずはなかった。

「蓼原、私よ。白亜よ」

覚悟を決めて私は言った。男がぴくりと動作を止め、やがて諦めたように漕ぎ出しの構えを解くと、櫂をだらりと下げた。舟に乗り込もうとしていた新笠が怯えた顔で私を見る。私は蓼原の小舟の真横に立った。

「蓼原、久しぶりね」

私が蠟燭の灯りを顔が見えるように掲げると、蓼原はおずおずとこちらを見た。蓼原は私より小さくなっていた。前よりもずっと日に焼け、皺《しわ》の増えた顔がくしゃくしゃになっていく。

「……嬢ちゃん、お綺麗になりやして……。ああ、それに随分、お元気そうで……」

蓼原は感に堪えないというような声をあげて、手を彷徨わせた。昔のように手を握って良いものか、迷ったのだろう。月が雲を振り払い、白い光を水面に落とした。私は燭台を足元に置くと、蓼原の手を握った。ごつごつと節くれだった懐かしい手。

「長いことお目にもかかりませんで、申し訳なく思っておりやした。それでも、嬢ちゃんがやっていけとるか、あたしゃずっと気にはしてたんで。ああ、でもお噂通り神様みてえに綺麗になりやしたねえ……。こうして会えるなんて、思いもしませんで、この蓼原本当に運がいいですよって」

蓼原は私の手を握ってそう言いながら、何遍も頭を下げた。私も蓼原との再会は嬉しかった。しかし、私には今、聞かなくてはいけないことがあった。恐らく蓼原が口止めされているであろうことを。

「蓼原、私も会えて嬉しいわ。あなたも元気にしているみたいね。ただ、あなたにひとつ聞きたいことがあるの」

蓼原は頭の動きを止めた。そっと手を放して、私を見上げる。

「新笠をどこに連れていくの？　新笠は私の友達なの、ここではたった一人のね」

横に立っていた新笠が私の腕を掴んだ。私は表情を変えず、蓼原だけを見つめた。

「口止めされてますよって、いくら嬢ちゃんにでも言えんのです……」

「あなたにそれを命じたのは、スケキヨね」

蓼原は眉間《みけん》に皺を寄せてうなだれていた。

「じゃあ、私も一緒に連れていってくれる?」

断られるのを承知で私は言った。蓼原はぎょっとして顔をあげ、激しく首を横に振った。

「そんなこと……できやせん!」

「じゃあ、大声を出して人を呼ぶけど、いいのかしら?」

「嬢ちゃん……」

その時、私と蓼原の間に新笠が割り込んできた。

「白亜、違うの。私が好きで行くのよ。無理矢理連れて行かれているわけではないし、私もあなたに行き先は言いたくない。黙って行かせて」

新笠は私を見ると、「お願い」と真剣な目で言った。そして、口を固く結び静かに私を押しのけると、小舟に乗り込んで舳先《へさき》に座った。ゆらゆらと舟が揺れる。私の目の前で、沈んだ表情の蓼原の顔も上下に揺れていた。何か悩んでいるようだった。

「嬢ちゃん……」

ややあって蓼原は言った。新笠に会話が聞こえてしまわないように、私の耳に顔を寄せて言いにくそうに呟く。

「嬢ちゃんが立派になってて、本当に良かったと思っとりやす。本当は、あたしは坊《ぼっ》ちゃんに会わせて差し上げたいので。坊ちゃんも大人になって、元気にしとりやす。……ただ」

「ただ？」

「今はお連れできないですよって、勘弁してくだせえ。けど、これは、あたしの考えですが、やはり坊ちゃんには嬢ちゃんがいなくちゃならん気がしやす。必ず折を見てお連れしますよって」

蓼原は小さな目をしょぼつかせながら、必死に弁解した。私は笑って言った。

「いいのよ、蓼原。私自身、無理にスケキヨに会いたいわけじゃないの。スケキヨが元気にしているなら、私はそれで充分。新笠の様子が最近おかしかったから、心配になっただけ。余計なお節介をしてしまったみたいだけど……。蓼原、彼女をよろしくね」

その言葉を聞くと、蓼原は複雑な表情を浮かべた。櫂を舟底に降ろし、小舟が流されないように水場に等間隔で立っている杭《くい》に結わえ付けると、舟から降りた。「こちらへ」と、数歩舟から離れた所へ私を誘導する。

新笠が舟の上で振り返ってこちらを見た。すかさずハナが舟に飛び乗り、新笠に抱きついた。私を連れてきたことを謝っているのだろう。私が二人を眺めていると、蓼原が袖をそっと引いた。蓼原を見ると、祈るように目を固く瞑っている。やがて意を決したように目をあけると、低い声で言った。

「坊ちゃんは、新笠様が嬢ちゃんの友人だって、知っておりやす」

「え」

「……だからこそなんです。坊ちゃんは全部知ってるんですよって。でも……最近あたしはわからなくなってきやした、本当にこんなことしていいんか。坊ちゃんが何を欲しがっているんか。あたしにはもう、坊ちゃんが何を考えてるんか、わからんのです」

「……昔からスケキヨを推し量ることなんて、誰にも出来なかったじゃない」

「もう、人智《じんち》を超えとりやす。昔はあたしを助けて下さったのに、今じゃもう誰も救う気がないように見えますよって、あたしは悲しいんで。あん人の心が知りたいんで。けど、あたしには坊ちゃんは心をさらしやせん。でも、嬢ちゃんにならら……。だから正直、今、無理矢理に新笠様を止めて、あたしを脅して坊ちゃんの元に案内させてもいいんです。嬢ちゃんになら、きっと坊ちゃんも本心を明かしやす。元の坊ちゃんに戻ってくれやす」

蓼原は必死だった、きっと長い間思い悩んでいたのだろう。しかし、蓼原は誤解している。ずっと前から、蓼原は誤解しているのだ。私は溜息をついた。

「ねえ、蓼原。スケキヨが何を考えているかなんて、考えてはいけないわ。彼の目をどんなに覗きこんでも、何もわかりはしないの。ただ、むやみに自分の闇を広げるだけよ」

「なんでなんです」

蓼原は絶望的な目をした。私はスケキヨの、何者をも宿すことのないぽっかりとした黒い目を思い出した。それは、この暗い夜の水よりもずっと底知れなく深く暗い闇だった。そこに特別な何かを求めてはいけなかった。心を無にして、身体の全ての血を凍らせて、ただ浸るしかない。

「スケキヨは、他の人と心の造りが違うのよ」

私は笑った。蓼原は納得いかない顔をして何か言いかけた。

「でも、嬢ちゃん……」

「蓼原」

私はそれをさえぎった。

「多分だけれど、スケキヨはあなたには悪いようにはしないはずよ」

利用価値があるから、とは言わなかった。わざと少し声を大きくして続ける。先程から新笠がこちらに耳を澄ませている気配がしていた。

「それでも、あなたがスケキヨの頭の中を覗けないことを不満に思うのなら、スケキヨから離れたらいい。ただ、それだけのことよ。スケキヨは何とも思わないわ。結局、あなたが何を思おうと、尊敬しようが、軽蔑《けいべつ》しようが、スケキヨに何も及ぼしはしないわ。人の思いなどスケキヨにとっては、状況のために利用するただのものでしかない。それ以上に思ってもらいたかったら、敵になるしかない。その覚悟はあるの？」

蓼原はめっそうもないというように首を縮こまらせた。過剰なことを言い過ぎた気はしたが、迷いを持ったままスケキヨのそばにいるよりは良いだろうと思った。間違ったことは言っていないつもりだった。そう、スケキヨはそういう生き物なのだ。そして、その冷淡さを私は愛した。私は空を見上げた。星の散らばる群青《ぐんじょう》の空に、白々とした細い月が光っている。「爪月《つめつき》」。幼いスケキヨの声が、夜闇に聞こえた気がした。

蓼原は名残を惜しみながらも、新笠を舟に乗せて連れていってしまった。ハナはどうしても新笠から離れようとしなかったので、ついに新笠は折れ、一緒に連れていった。振り返り、振り返り小舟を漕ぐ蓼原を見送りながら、私は腹の底に温かいものを感じていた。新笠のことは気になったが、スケキヨが変わらずにいることを知って確かな喜びが湧きあがってきていた。ただそれだけで、世界が急に息づきだしたように感じた。

安心したのだろうか。

よくわからない。ただ三日間、私は熱を出して寝続けた。

ずっと、浅瀬を歩く夢を見ていた。月水でもないのに。細かい小石が足裏に心地良い刺激を与えて、眩しい日差しが水面で乱反射していた。日光の下の私の白い足は幼かった。私は浅い水の中をずっと足を見つめたまま、ゆっくり歩き続けていた。蜜蜂《みつばち》のうなりと甘い草の匂いがずっと私を包んでいる。

ただ、それだけの夢だった。

四日目に起きて湯浴みをし、久々に念入りに化粧をした。鏡に映った自分に一瞬、私は驚いてしまった。周りの色が霞《かす》むくらい、顔が輝いていた。肌が甘露の滴《しずく》のようにみずみずしく、瞳《ひとみ》も大きく潤っている。存分な眠りのおかげのようだった。

衣服に香を焚き染めていると、申し訳なさそうに妓夫がやってきて、私の指名を告げた。その客は二日前からずっとお待ちかねだったらしく、随分ご立腹とのことで、もう隣の座敷に昼から座り込んでいるそうだった。身支度は済んでいたので、ご機嫌取りのために私はいそいそと座敷に通じる襖を開けた。

意外なことに剃刀男が居た。あぐらをかいて、手酌で酒を飲んでいる。

確かに機嫌は悪そうだった。私に気付いているくせに、こちらに目もくれない。くつろいだ姿勢をとっているように見せながら、腕や肩の辺りにはちゃんと力が入っている。

「お待たせ致しまして、申し訳ありません」

私が指をつくと、ちらりと顔をあげた。

「体はもういいのか」

「はい」

今日の剃刀男はなんとなく凄みがあった。いつものような気楽な言葉遣いがしにくい。しばしの沈黙の後、ぼそっと剃刀男が言った。

「……お前、人気あるんだな」

「え」

「お前の体調が戻ったら一番にって輩《やから》が、五月蝿《うるさ》い程いたぞ。多少、圧力かけさせてもらった。一刻も早くお前の顔を見て、伝えたいことがあったからな」

「何でしょう」

相変わらず正座のまま、私は見当もつかず剃刀男を眺めて言った。剃刀男は鋭い目で私を睨みつけている。ぐいと杯をあおった。尖った顎があがる。一体何杯目なのだろう。

「おめでとう」

「はい？」

「菊切が死んだ」

困惑した。ぶよぶよの肉塊と派手な着物がちらりと頭をよぎったが、それだけだった。スケキヨが自由であれば、もうあんな醜悪な男には用はない。

「……それが、一体、私に何の得が？」

「嬉しくねえのか？」

「……別に。まあ、生きて居られても、迷惑かもしれないけど」

剃刀男はしばらく眉をひそめて怖い顔をしていたが、だあっというような大声をあげ、黒く硬そうな髪をがしがしと掻いた。私はあっけにとられていた。やがて、私の顔を見た剃刀男の顔は、いつものようになために歪んだ笑いを浮かべていた。

「ったく、よけいな頭使っちまった。だよなあ、お前はやっぱり何にも知らねえ小娘なんだよなあ。悪かった。まあ、今夜は飲め。一晩買ってやるから好きにしろ、疑った詫びだ」

そう言うと、私を立ち上がらせて自分の横に座らせ、部屋の隅から脇息まで持ってきてくれた。そして自分の座布団に腰を落ち着けると、私に酒を注いだ。私は呆《あき》れた。

「私が殺したとでも思ったの？」

「まあ、そんなとこだ。お前が紛らわしい時期に休むからだよ。しかも病み上がりだってのに、えらい生き生きした顔してやがるし」

「それだけで一体どうして、私が菊切を殺したなんて話になるのかしら」

私はげんなりした声を出した。剃刀男の冗談だと思った。彼流のからかい方なのだと。しかし、剃刀男は真剣なようだった。少し考え込むと、真面目な顔を向けて言った。

「お前があの餓鬼の姉貴だからだよ」

ぎくりとした。気取られないように杯を膳に置く。

「まさかスケキヨがやったの？」

「全部知りたいか？」

私は頷いた。剃刀男はこきこきと音をたてて肩を回しながら揉み解した。

「まあ、お前をずっと騙《だま》してたからな。詫びがわりに話してやるよ。俺がここに顔を出すようになったのは、昔話するためでも偶然でもねえ」

それには何となく気がついてはいた。目的はわからなかったが、何かきな臭いことが起きていて、それを嗅ぎまわっている気配はしていた。剃刀男は遊女目当てに遊びに来る他の客とは違って、隙がなさ過ぎる。私は笑いながら言った。

「随分義理堅いのね。ご心配されなくとも、遊女は騙されるのに慣れていますので。男の嘘など、見慣れた景色のようなものよ」

「なら遠慮無く白状させてもらうが、お前の行動は俺の手下にずっと監視させていた。どんな着物や飾りを持っているか、屋台舟で夜食によく買うものは何かも知っている。どんな客とどんな風に寝てるのか。月水の周期までもな。俺が初めてお前に会いにきた次の日、何故かお前が街中をうろつき、祠のある山に登ったのもな。知らないのは、お前の頭の中だけだ。全く気付かなかっただろ」

思わず顔に血が上った。逆に指先と背筋は冷たくなった。笑いの消えた剃刀男の目は、氷のように鋭く光っている。

「前に菊切が酔いどれてこの店に来たのを覚えているか？」

黙ったまま頷いた。

「その時、あいつはお前を見つけた。あれは偶然だ。あいつは本当に女を買いに来たんだがな。ここで恐ろしいものを見つけた」

「何？」

はっと軽く剃刀男が笑う。指の長い骨ばった大きな手を伸ばして、私の顔を引き寄せた。一瞬、恐怖心が湧いたが、乱暴なことは何もされなかった。剃刀男はただ黙って、私の目を見ている。

「お前の目だよ」

「…………」

「あの餓鬼……いや、スケキヨと同じ目をしている女がいるってよ。酔いも一瞬で醒めて、あいつは俺らの所に駆け込んできやがった。殺される、その前にあの姉弟を殺してくれってよ。あいつ、よっぽどスケキヨに痛い目に遭わされたんだな。俺は菊切に雇われたんだよ。けど、いくら火消し火付けの俺でも、裏華町外の人間に確たる証拠もなしに手を出すわけにはいかねえ。だから、お前が尻尾を出すのを待ってたんだよ。或《あ》いは証拠をでっち上げちまうかとも考えていた。だが、雇い主が死んじまったら、それも仕舞いだな」

「私じゃないわ。ずっと監視していたならわかるでしょう」

ぞっとして、私は剃刀男の手を振り払った。座ったまま、じりじりと壁まで身を引いた。突然、だんっと畳が鳴った、と思う間もなく、私の両手は剃刀男の手によって壁に固定されていた。

「話はまだ終わってねえ」

驚くばかりの素早さだった。しかも、剃刀男の手は私を押さえつけたままびくともしない。私は観念して、目を瞑り横を向いた。

「お前と同じように、三日前から休みを取っている遊女が一人いる」

剃刀男は私の耳元で、のんびりと葉巻を吸うような声音で言った。

「あの晩、小舟に乗った遊女は何者だ？　俺はてっきりお前が水場ですりかわって、スケキヨの所に行ったんだと思った。けど、お前は居た。だが、その女はまだ休みを取っている。帰ってきてねえんだよ。どこに行った？」

「行き先は教えてもらえなかったわ。でも、帰ってないなんて嘘よ……」

「なんでそう思う？」

「だって、いつも朝には帰ってくるって聞いていたわ」

「帰ってねえ」

「嘘よ」

私は新笠の部屋に走って行きたい衝動に駆られた。剃刀男が私の手を放した。音をたてて私の腕が畳に落ちる。逸《はや》る心と裏腹に、身体から力が抜けていた。放心したような私を見て、剃刀男は不審な顔をした。

「お前、何で泣きそうな顔してんだよ」

私は返事をしなかった。答えられなかったのだ。

剃刀男は近くの煙草入れを引き寄せ、壁にもたれかかった。煙がゆっくりと隣から流れてくる。

「あの女、スケキヨの情婦か。ここの所、菊切の所に出入りしていた女がいたんだよ、そいつだな。菊切の毒殺死体が見つかったのは、あの晩のあくる朝だ。黒幕はスケキヨだな」

ふうっと剃刀男は煙を吐いた。

「しかし、もうスケキヨはこの島にはいないだろうな。その女も。だが、菊切の所に出入りしていた女と同じだとしたら、まともな身体じゃないだろうな」

「どうして？」

「楼主から聞いてないのか。前、ここで菊切が騒ぎをおこしたことがあったろう。菊切は不能で、自分では女が抱けねえんだよ。だから代わりに店の陰間どもに弄ばせたり、女の身体を手酷く痛めつけて愉しんだりする。腐った男だよ。多分、菊切の警戒心を解かせるために何度も行かせてるはずだから、酷い身体になってるはずだ。それくらいスケキヨに惚《ほ》れてたんだな。ご苦労なこった」

私はやっと新笠の言っていた「耐える」という意味がわかった。その代償として、新笠はスケキヨの傍に置いてもらえているはずだった。結局、私はスケキヨにとって完全に蚊帳《かや》の外だったのだ。始めから。スケキヨを理解したつもりでいた自分の間抜けさが可笑しくさえなってきた。悲しみを超えて、ひどく投げやりな気分になってきていた。首を傾げて、剃刀男を見上げる。男のくわえている葉巻を取って、自分も吸った。ゆっくり煙を吐き出すと、男の薄い唇に当てた。男は黙ってそれをくわえなおす。

「雇い主が死んだなら、もうあなたの仕事は終わりなのでしょう」

「それは個人的な契約だったし、正直、俺はあいつが嫌いだった。本気であいつの命を守ろうとは思ってなかったさ。けどな、俺にはもうひとつ本職があるんだよ」

「何？」

「裏華町の人間に裏華町の規律を守らせることだよ。一応秩序ってもんがあるんだよ。その秩序に、俺ですら守られてるんだ。お前の弟は一年前、その秩序を破って菊切の店を逃げ出した。その時、本土のお偉い政治家が一人殺された。あんな店で死んだとあっちゃあ醜聞だよなあ。その政治家が在籍していた派閥を支援していた裏華町の庇護者方《ひごしゃ》が怒り狂った。菊切は楼主として、けじめをつけなきゃならなかった。スケキヨを捕まえて晒し者にしなきゃならなかった。まあ、結局、返り討ちにあっちまったがな。だが、これでスケキヨは裏華町で二人殺《や》ってることになる。俺の火消しの立場としては裏華町の法を破ったスケキヨを、血祭りにあげなきゃいけねえんだよ」

さあ、どうすると言う様に剃刀男は笑った。

「けど、一年追ってきたが、どうも簡単にはいかねえ。多分あいつには後ろ盾がいるな、恐らく元客の。あいつには随分ぞっこんだった上客がいたそうだからな。それか、殺された政治家の政敵とでも通じてるのかもしれねえ。どっちにしてもお偉いさんの後ろ盾がいるとしたら、今頃、本土に雲隠れだろうな。やっかいな奴だぜ」

話しながら、剃刀男は何回か落ち着かなさそうに葉巻を吸った。私が相槌も打たず、黙ったままだからだろう。しばらくすると、急に私の顔を覗き込んだ。苛立《いらだ》ったような仕草で体を伸ばして、御膳《おぜん》の横の果物盆から西洋小刀を取る。そして、それを私の手に握らせた。ひやりとした感触で私は我に返って、剃刀男を見上げた。

「おい、何さっきからぼやっとしてんだ。俺は明日から本土に行って、本格的にお前の弟を狩るぞ。裏華町の方針としては、見つけ次第、殺すことになってる。お前はそれでいいのか？　あいつを守りたかったら、今ここで俺を刺して、あいつの所に逃げたらいい」

私は笑った。

「それも策略のうち？」

剃刀男は黙って刃物を握らせた手を放した。

「あなたは買い被っているわ」

私は剃刀男の鋭い目を見つめた。傷のある頬、筋肉質の逞しい首。妙なものが身のうちに湧きあがってきていた。満面の笑みを浮かべながら言った。

「スケキヨは私のことなんか何とも思っていないわ。あなたを刺しても、私には一目散に走っていくべき所なんて無い。どんな真実を聞いても、ここにいることしか出来ない。私に出来るのは、受け入れることと忘れることとだけ」

私はしばし口をつぐみ、そっと囁いた。

「ねえ、それより」

私は小刀を畳の上に置いて、遠くへ滑らせた。膳か何かの足に当たって跳ね返る乾いた音がした。近くの部屋からどっと笑い声が起きる。しかし、私達は身動《みじろ》ぎもせず、見つめ合っていた。いや、私は剃刀男を見てはいなかった。目は動くが、見ているものが全く何も頭に留《とど》められない。ただ、身体と言葉だけが違う生き物のようにつらつらと振舞っていた。私はそれをはるか頭上で眺めていた。

「お願いがあるの」

私でない私は微笑みながら言った。

「小娘はあまり好みではないでしょうが、私を抱いていただけませんか」

一瞬の間があいて、剃刀男は昔のように短くはっと笑った。が、頬を叩く代わりに強い力で私を抱き寄せた。葉巻が畳に転がったのが見えた。骨が軋むほど強い力で私を抱き締めると、剃刀男は自分の口で私の口を塞いだ。そして、息が出来なくなるくらい激しく口を吸った。

何かを考える間もなかった。私の身体は剃刀男の手中に納まっていた。剃刀男は乱暴に私の着物を開くと、畳に押し倒した。布の裂ける音がした。唇に歯が当たった。鉄の味が口に広がったが、痛みはまったく感じない。それどころか、私は夢中になって剃刀男の舌を吸いながら、引き締まった背中にしがみついていた。こうなって初めて、私は自分がこの何も考えられなくなる時を求めていたことに気がついた。剃刀男の指が、露《あら》わになった裸の乳房に食い込む。首筋を噛《か》まれた。裾が開かれ、手が太腿《ふともも》に触れた感触がした瞬間、私の下腹はあっという間に剃刀男のもので貫かれていた。頭の中に真っ白な雷が走り、私はその度、声をあげた。

喉の渇きを覚えて、目が覚めた。

日が昇っているようで部屋の中は明るかったが、空気はまだ澄んでいる。まだ昼前のようだった。裸の身体を起こして隣を見たが、男はいなかった。大きな寝台の寝具は乱れていた。天幕を手でかき上げて部屋の中を見渡すと、座敷へと続く襖が開けっ放しになっていて、そこから私の衣服や髪飾りが転々と寝台の方へと散らばっている。蝶の死骸みたいだと思った。

裸のまま布団から這い出し、座敷に行くと水差しだけ手に取った。手をつけられていない料理や残った酒が濁った空気を漂わせている。少し迷って、果物盆の上から半分に割られた柘榴《ざくろ》も取った。それから、廊下へ首だけ出して座敷を片付けるよう声をかける。散らばった着物類を寝室に押し込み、戸をしっかりと閉め、また寝台に戻った。

寝不足で目の奥が疼いて、頭がぼうっとしている。軽く吐き気も込み上げてきた。剃刀男は私の求めるままに、何度も激しく抱いてくれた。男も私の声が嗄《か》れ、自分の力では腕ひとつ持ち上げられなくなるまで、容赦なく隅々まで私の身体を貪《むさぼ》った。お互いの身体以外何ひとつ余計なものが入らない場所で、私達は相手から搾り取れる快楽を一滴も無駄にしないよう、夢中になってその中で全ての感覚を使い切ろうとした。その渦はあまりに強烈に私達を呑み込んだので、たった一言の言葉すら交わす余裕も暇もない程だった。私達はただ持ち得る力全てを使って、相手の身体を求め続けた。そうして、やっと私がその渦の中で息絶え、意識を失うような眠りに落ちたのは、青白い夜明け頃のことだった。

まだ、寝入ってからそんなに経っていないはずだった。疲れ果てた私の身体はまだ休息を求めていた。男の肌と擦れあった皮膚や下腹が、ひりひりと熱を持っている。身体のあちこちをぶつけたり、嚙まれたりしたようで、動くと自分の身体ではないような異物感が走った。多分、剃刀男の身体にも引っ掻き傷や嚙み傷がついているだろう。昂ぶりで靄のかかった頭の隅に、男の肌や引き締まった筋肉に嚙みついたり爪をたてたりした記憶があった。

隣の座敷から食器を片付ける音がし始めていた。寝巻きを着るのも、人と顔を合わすのもひどく億劫だった。水差しから直接生温《なまぬる》い水を喉に流し込む。柘榴の割れ目から宝石のような実を三粒程摘み、口にそっといれる。口の中で酸味が弾け、吐き気が抑えられた。透明がかった薄桃色の柘榴の実は、目に痛いほど美しかった。ふいに哀しみが込み上げてきて、私は上を向き目を閉じた。それが通り過ぎていくまで。

「ねえ、あなた名前は？」

眠りに落ちる前、ほどけてしまった身体を投げ出したまま、私は剃刀男に尋ねた。

「遅《おせ》えよ」

擦れた笑い声が聞こえ、頭を軽く小突かれる。そのまま、剃刀男は私の頭に手を置いてゆっくりと撫で始めた。一撫で毎《ごと》に意識の鎖が外れ、眠りに沈み込んでいく。最後に深い声が聞こえた気がした。

「蓮沼《はすぬま》」

蓮沼。声に出さずに呟いてみる。哀しみはやり過ごせたようだった。毛布の中で丸くなると、深呼吸をした。蓮沼の肌の匂いがする。私は目を閉じて、眠りが訪れるのを待った。


その四日後の晩、新笠は更津屋に帰ってきた。

それまで、私は生活に必要最小限な事をする以外はひっきりなしに客を取っていた。疲れて虚ろになった頭でいる方が楽だったのだ。少しでも気を抜くと、スケキヨに見放されたことが頭をよぎった。それを認めてしまうのは、あまりに辛すぎた。雷や月、デンキ、僅かしかない自分の好むものも全て奪い取られたような気分になる。だから、必死に何も考えまいとした。私の意識ははるか上を漂って、その下で抜け殻になった私は生き生きと笑い、媚び、嬉しそうに客に抱かれていた。その姿を私はぼんやりと眺めていた。

私の意識を身体に引き戻したのは、蓮沼だった。

その晩、乾いた破裂音が廓中に響き渡った。女達の悲鳴が聞こえて、無数の人間の走り回る音が聞こえた。波が押し寄せるように。飲んで騒ぐ客や遊女の声が一瞬でかき消える。襖や大きなものが倒れる音がする度、新しい悲鳴が起きた。私は、菊切が来た時を思い出した。

「なんだろう？」

私に覆いかぶさって、額に汗を浮かべていた中年の男が言った。私は黙って耳を澄ましていた。板の間を踏み破りそうな足音が近づいてきているような気がしていた。唐突に隣の部屋の引き戸が開く音がして悲鳴があがる。中年の男がびくりとした。私は腰を引き、脚を閉じた。

「おい、そっちじゃねえ」

低く重みのある蓮沼の声がした。やはり、と思った途端に部屋の襖が勢いよく開いた。男が慌てて飛び起きて、あたふたと自分の服を探しながら真っ赤になって怒鳴った。たるんだ下顎と腹の肉が揺れる。

「なんだ！　お前等は！　俺が何かしたか？　ここではこれは違法行為じゃないはずだろ！」

いつもと違い、蓮沼は靴のまま上がり込んでいた。鋭い目で裸の男を刺すように見る。

「お邪魔して悪いが、お前さんには用は無い。文句は楼主に言ってくれ」

「おい、なんだそりゃ、白亜嬢は俺が買ったんだ」

男はよほど鈍いのか、この状況を前にしてぶつぶつと口を尖らせた。蓮沼の目が残酷そうに細められる。眉間に皺が寄った。

「おい、勘違いするなよ。俺は頼んでるわけじゃねえんだ」

蓮沼が威圧を込めてゆっくりと言うと、男は黙った。蓮沼は剃刀のような顎を動かした。

「連れてけ」

蓮沼の後ろから頑丈そうな男が三人入ってきて、男は慌てた。つまずきながらやっとこさ服をかき集めると、身を縮めて小走りで部屋から出て行った。その背を蓮沼の連れの男の一人が蹴《け》り飛ばす。廊下で大きな音がした。

「随分、お早い床入りだな」

蓮沼は近づいてきて、歪んだ笑いを浮かべた。私は裸のままだった。

「仕事ですから」

「別に責めちゃいないさ」

私は溜息をついた。蓮沼は素早く言った。

「さっさと服を着ろ。スケキヨの情婦が戻った。今から問い詰めにいく、お前も来い。楼主に引き渡すように言ったが、頑として動かねえから強硬手段をとった。流石に今日はお前と遊んでる暇はねえんだ」

私は緩慢な動作で床に落ちた着物を拾った。そして、蓮沼を見上げた。

「嫌と言ったら？」

「後ろの奴等に言って、お前を犯すより酷い目に遭わせる。俺も仕事なんだよ」

本気の目だった。冷たく私を見下ろしていた。

私は黙って着物を羽織った。


蓮沼に連れられて、新笠の部屋へと向かった。

廓は静まり返っていた。廊下に面した部屋の奥で、人々が息を殺している気配がする。蓮沼の連れの男達は油断ならない目をあちらこちらに向けながら、忠実に指示に従っていた。一切無駄口もたたかない。ふと、前見たイヅマという男が居ないのに気がついたが、聞ける雰囲気ではなかった。

蓮沼は私の腕を乱暴に摑みながら、廊下を大股《おおまた》で歩いていった。ちらりとも私を見ようとしない。私を抱いた時も強い力で乱暴に私の身体に触れたが、その時とは全く違っていた。ものを摑むような容赦のない扱い方だった。

新笠の部屋の前に来ると、蓮沼は私を廊下に放り出した。

蓮沼の背で隠れていて気がつかなかったが、暗い廊下に胆振野が正座していた。歯を食い縛っているのか、こめかみに太い血管が浮かんでいる。蓮沼を見上げると大きな声をあげた。

「この新笠嬢はこのところずっと臥《ふ》せっていて、この廓を出ていない。裏華町になど行ったこともないはずだし、私を含むこの店の者は皆、裏華町のことに頭を突っ込むつもりはない。その上、菊切の所に行かせるなどもっての外だ。方々の人違いだと思う。申し訳ないが、お引き取り願いたい。この通りだ」

胆振野は額を廊下板に擦り付けた。

「楼主……」

私が横に膝をつくと、胆振野は跳ね起き、「お前もお願いしろ」と私の首を押さえつけた。しぶしぶ頭を下げた私の目の前に、蓮沼の革靴が音をたてて近づいてきた。

「なあ、胆振野……もう頭を下げてどうかなる問題じゃねえんだよ」

蓮沼は苦笑しながら腰を屈めて、胆振野の襟首を持ち上げた。

「じゃあ、どうすればいい？　うちは本当に無関係だ！」

胆振野は真っ赤になって唾を飛ばした。素早く蓮沼は胆振野の髪を摑んで、新笠の部屋の引き戸に派手な音をたてて横面を打ちつけた。その手を振り払おうと持ち上げかけた胆振野の腕を、靴で踏みつける。小枝が折れるような音がして、胆振野がうめいた。

牡牛《おうし》のようなこんもりとした胸板がのけぞる。

「仲間を殺された裏華町のこの俺が、犯人はあの女だって言ってるんだから、お前が口を挟むことじゃねえんだよ。あの女を菊切の店で見たって証人もいる。お前のやるべき事は、下らん意地張らずに黙ってあの女を俺達に引き渡すことだろ。一体どうした、胆振野。解っているはずだろう」

蓮沼が淡々と言った。しかし、胆振野は息を荒らげながらなおも懇願し続ける。

「お願いだ！　本当にあいつは無関係なんだよ……あいつだけは。頼むから見逃してくれ。いくらでも払うから。頼む……！」

蓮沼は一通りその胆振野の懇願を聞くと、しばらく黙った。やがて低い声で言った。

「おい」

胆振野の声と動きが止まる。いつの間に出したのか、蓮沼は片手に短刀を持っていた。口を使って鞘《さや》から抜くと、暗い廊下に刃物の残酷な光が妖しく散った。鞘が廊下に落ちる音がした。誰も一言も発しない。

「さっきからどうも変だと思ったんだよな。お前、頭か耳がおかしいんだろ？」

蓮沼は歌うような口調で笑いながら言った。胆振野の目は怯えた色を宿して、蓮沼の斜めに歪んだ口元に注がれている。

「なあ、そうだろ？」

「…………」

蓮沼は何も答えられずにいる胆振野の髪を摑んだまま、上下に振って頷かせた。

「ふん、やっぱりそうか。で、どっちだ？　頭が悪いのか、耳が悪いのか？」

「う……」

「どっちだ。選べ」

有無を言わせぬ口調で蓮沼は言った。胆振野の踏まれていない方の手が震えている。いつも声の大きい胆振野の喉から、絞り出すようにして弱々しい声が洩れた。

「……耳だ」

瞬間、鉛色の光が閃いた。胆振野の巨体は狭い廊下にうずくまった。片方の耳を両手で押さえたまま、うめき声を洩らす。しばらくして、その太い指の間から赤黒い液体が溢れ出し、首から肩をぐっしょりと濡らし始めた。蓮沼は切り取った胆振野の耳を摘んで眺めていたが、遠くからこちらを見ている店の遊女や妓夫達に気がつくと、そちらの方に耳を放った。けたたましい悲鳴があがり、皆わっと散った。

蓮沼は私を引き起こすと、顎で連れの男達に部屋に踏み込むように指示をした。

私は蓮沼がどんな顔をしているか見たかった。目の前で血が流れて、怯えた人々の恐怖が空気中に充満していた。肌が痛くなるほどに。この空気を昔、私はよく知っていた。婆の家の冷たい土間の感触を私は思い出していた。するりと人の隙間を抜け、店に戻ってきたスケキヨはあの時、どんな顔をしていただろう。スケキヨ。私はいつの間にか蓮沼の腕に手をかけていた。蓮沼がこちらを見ようとした。その時、こじ開けられた引き戸から、小さな赤いものが飛び出してきた。

「ハナ！　駄目よ！」

　私は叫んだ。ハナは尖った細い包丁を持ったまま、一直線に飛び出してきた。男達がかわすと一瞬つんのめったが、すぐに体勢を整えると、包丁を振り回して周りを睨みつけた。顔色がなく、目に決死の光を宿している。私の声にも気付かないようだった。私が飛び出そうとすると、蓮沼は私を後ろに突き飛ばした。廊下に身体が激しく打ちつけられて、息が止まる。

　蓮沼は大きく足を上げると、ハナの肩を思い切り蹴り飛ばした。

　小さなハナの身体は鞠のように部屋の中に飛ばされた。包丁は乾いた音をたてて廊下に転がった。それを蓮沼がすかさず拾う。周りの男達を睨みつけた。

「こんな餓鬼に何ぐずぐずしてんだ。さっさと部屋に灯り入れろ、暗《くれ》え。女をつかまえて縛りあげてこい」

　男達は弾かれたように部屋に入っていった。この雰囲気に似つかわしくない橙色のぼってりとした灯りが、部屋から漏れ出す。蓮沼はゆっくりと部屋に入っていった。私も慌てて起き上がると、男を追った。

　連れの男達は寝室の方に行ったようだった。座敷の隅の暗がりに、ハナが肩を押さえてうずくまっている。蓮沼は痛みをこらえるハナの様子を眺めながら、そちらに向かって歩いていった。ゆっくりと、愉しむように。私はその間に立ち塞がった。

「蓮沼、やめて。お願い」

蓮沼の顔を見た。男は無表情だった。私の顔を見て、僅かに憂いの色がよぎる。

「白亜、それは駄目だ」

しかし、揺るぎのない目のままだった。その瞬間、この人はスケキヨと同じだと思った。苦く甘いものが私の胸に広がった。この人はそうしなくてはならないとあれば、迷いも後悔もなく最短で最速の手段を使って事を成し得るのだ、そう思った。そこに罪悪感など無い。必要とあらば、どこまでも残酷になれる生き物なのだった。身体から力が抜けた。

「退け」

押しのけられた。蓮沼はハナの前にしゃがみ込んだ。ハナは果敢にも泣かず、蓮沼を睨みつけている。

「覚えておけ」

静かに蓮沼は言った。

「お前は俺達を刺そうとしてしくじった。誰かに危害を加える時はな、失敗したらその危害がそっくりそのまま返ってくることを覚悟してやらなきゃならねえ。それがきまりだ。意味解るか？　その覚悟がなきゃ、こんなもの手にしちゃいけねえ。たとえ餓鬼でもな」

ハナは意味が解ったようだった。恐怖がその小さな身体を這い上って行く。眉毛が下がり、唇が戦慄《わなな》いた。必死にこちらに潤んだ目を向けている。でも、私にはどうすることも出来なかった。

「解ったみたいだな」

言うやいなや、蓮沼はハナの太腿に包丁を突き立てた。金切り声が部屋を切り裂く。その甲高い悲鳴の中で、蓮沼は顔色を変えずなおも続けた。

「あと、もうひとつ。刺されたら肉が固まる前に自分ですぐ抜かないと、後でもっと痛《いて》えぞ」

ハナは金切り声をあげながら、畳の上を転げまわっていた。私はハナの腰を押さえつけると包丁を引き抜いた。ハナの帯を解き、傷口をきつく結ぶ。

「誰か！　竹！　虎次《とらつぐ》！　黒満《くろみつ》！　誰でも良いから来なさい！」

大声を出して何人かの妓夫の名を呼ぶと、恐る恐る店の者が廊下から顔を覗かせた。

「傷の手当てを。刺し傷よ。医師も呼んで」

私は泣きじゃくるハナを渡した。がくがく震え、汗をびっしょりかいている。思わず蓮沼を見上げると、少し苦い顔をした。私の顔が責めているようにでも見えたのだろう。

「俺はこういう中で生きてきたんだよ。恨みがあるわけじゃねえ」

「知っているわ。それに、別に責めちゃいないわ」

蓮沼は薄く笑った。子供を刺しても彼には興奮した様子も後悔も微塵も見えなかった。こんなことは彼にとっては、日常茶飯事なのだ。私が大勢の男と寝るように。

「お前はきっと、俺が殺そうとしてもそのままなんだろうな。恐れも抗《あらが》いもせず、受け入れるんだろうな」

独り言のように蓮沼は言った。私は笑った。私達はきっと、笑って自分をごまかしながらしか真面目に話せない。

「もうすぐ、それを試すつもりなんでしょう？」

「違いねえ」

蓮沼は乾いた声で笑うと、私の腕を乱暴に摑み、新笠の寝室に引きずっていった。

新笠は両手を後ろで縛られて、寝室の床に座らせられていた。その周りを蓮沼の連れの男達が取り囲んでいる。私と蓮沼が入っていくと、新笠は驚いた顔で私を見た。

「白亜は無関係よ」

「知っている。この期《ご》に及んで他人の心配とは、殊勝な心がけだな」

蓮沼はそう言いながら近寄っていくと、新笠の傍にしゃがむ。新笠は寝巻き用の浴衣姿だった。以前と同じように顔色が悪かった。随分やつれて見える。蓮沼は浴衣の襟を摑むと、勢いよく剝いだ。肌があらわになった。

新笠の白い身体は傷だらけだった。青い痣や赤黒い切り傷が到る所に模様を描いていた。傷が膿《う》んでいるのか、そのあちこちがでこぼこと盛り上がっている。

「この身体が証拠だな。お前だろう、菊切に毒を盛ったのは」

新笠はうつむいて唇を嚙んだ。

「まあ、いいや。本当に答えてもらいてえ質問は別にあるからな。いいか。どんな手を使ってでも、全部吐いてもらうからな」

蓮沼は男達に向かって言った。

「連れていけ」

「待って！」

新笠が大きな声で叫んだ。

「全部話すと約束するわ。だから、少しでいいから白亜と二人で話をさせて」

私は蓮沼を見た。蓮沼は行けと顎で答えると、窓辺に行って煙草に火を点け、外を向いた。煙草を吸い終わるまで、ということだろう。私は新笠に駆け寄った。浴衣の乱れを手早く直して、傷ついた肌を隠してやる。

「何故戻ってきたの？　あなた、殺されるわよ……」

新笠はわかっているというように紫色の唇で弱々しく笑った。

「ハナは……？」

「死ぬことはないと思うわ」

「良かった」

と、小さく新笠は呟いた。そして、私を見つめた。

「白亜、私、あなたみたいになりたかったの」

「私……？」

「そう、あなたみたいに何事にも動じない強い女になりたかったの。楼主ですら、おいそれと手を出せないような。あの人の傍にいれば、あなたに近づけるかもって思った。あの人に愛されたら、自信を持てるかもって思った。でも、やっぱりあなたの言う通りだった。あの人は誰も見ていない。あの人の中には誰も入れない。優しく笑いながら、用がなくなった私を簡単に捨てたわ」

「…………」

新笠の表情からは感情が読めなかった。新笠はずっと笑っていたから。

「そんな顔しないで。酷く悲しかったし、惨《みじ》めだったけれど仕方ないのよ、きっと。あなたの忠告に従っていたら良かった。ただ、ひとつ良いことがあったわ。菊切を殺してからここ数日、眠っていると不思議なものが見えたの。あれが夢なのね。白亜、あなたは見るんでしょう？」

私はゆっくり頷いた。

「たまにだけれど……」

新笠は満足そうに深く息をついた。

「やっぱり……。夢って随分深くて密度の濃いものなのね。あんなものをあなた達は見ているのね。全ての感覚が包まれる感じだった。生まれてからの悲しいこと、嬉しいこと、恥ずかしかったこと……全てを同時に見られたわ。目を瞑っているのに。こんなにもいろんなものを私は受け取って、発散して、生きてきたのかって驚いた。夢はそれを繰り返し私の中に再現してくれた……。これが、あの人の私へのご褒美なのかしら」

「違うの。新笠、本当は獏はね……」

獏の本当の正体を言おうとした私を、新笠は首を振って遮った。

「別に、捨てられて自棄《やけ》になったわけじゃないの。だって、それは当然のことなのよ。私はどうしたってあの人の傍には居られる人間じゃない。最初からわかっていた。だから、本当はハナとどこかに逃げようかと思ったのよ。あの人、お金はたくさんくれたから。でもね、よく考えたら行く場所なんてここしかなかった」

ぽつと音がした。乱れた新笠の髪をまとめようと伸ばした私の手に、水滴が落ちていた。新笠の顔を見ると、笑いながら涙を流していた。全てを諦めきった表情で。ただ、涙だけが残り少ない感情を使い果たすかのように、ゆっくりと目じりから落ちていっていた。ぽつ、ぽつ、ぽつと。それは、まるで時計の秒針のように規則正しい音を刻んでいた。ふっと嫌な予感が胸をよぎる。

「それに、白亜、あなたにもう一度会いたかった。あなたが私を止めようとしてくれて嬉しかったわ。でも、あなたはそのままでいて欲しい。……私が死んでも、顔色ひとつ変えずにこの島から逃げていって欲しい。あの人と一緒に……。あの伝説みたいに……。ただ……ひとつだけ……残念……」

新笠の息が乱れてきていた。何か込み上げてくるものを飲み込むように、何度も喉を鳴らしながらつっかえつっかえ話した。蓮沼が振り返った気配がした。

「新笠？」

私が俯いた新笠の顔に触れようとした途端、咳《せき》とも嘔吐《おうと》ともつかぬ音をたてて新笠は私の膝の上に大量の血を吐いた。白い顎を空中に翻して、ゆっくりと横に倒れる。

「新笠！　あなた……まさか毒を！」

私は新笠に覆いかぶさって、口の中に指を突っ込んで吐かせようとした。

「しまった！」

蓮沼が舌打ちをして駆け寄ってくる。私と新笠の間に割って入ってきた。

「もう手遅れよ……残念だったわね」

新笠は血だらけの口を歪めて、笑おうとした。また何度か血を吐いた。

「……白亜」

「何」

「一度も松って呼んでくれなかったわね……」

それが新笠の最後の言葉だった。「新笠……」。私は呟くと、ふらふらと立ち上がってその体を眺めた。いまさら、松とは呼べなかった。私は自己満足のためにそんな詮ないことができる人間ではなかった。

大きな雄叫《おたけ》びが部屋に響いて、半身を血で染めた胆振野が駆け込んできた。胆振野は震える手で新笠の体を揺すった。新笠の襟元がはだけ、その傷だらけの体が見えた。胆振野は目を見開いて新笠の体を凝視すると、凍りついたように動かなくなった。新笠の体を抱いてうずくまる。なんて言って良いのかわからずに、私は黙って立っていた。

「ったく、徹底してやがる……」

いつの間にか、音もなく蓮沼が私の後ろに立っていた。振り向こうとすると、背中に堅い棒みたいなものが押し当てられた。冷たい金属の感触が背中に伝わってくる。耳元で蓮沼は低い声で言った。

「いくら世間知らずのお前でも、これが何かわかるよな？」

ちらりと握っているものを見せる。黒く光る短筒だった。私は小さく頷いた。

「来い」

蓮沼に押されるようにして、私は新笠の部屋を横切った。背後からは胆振野の牡牛のような慟哭《どうこく》が聞こえてきていた。天井を見上げて歩きながら目を閉じ、深く息をする。部屋は血の匂いで満ち溢れていた。手がぬるりとしたものに触れた。新笠の血が、私の着物にべったりとした赤い大きな模様を作っている。これが、私の血だったら私はきちんと痛みを感じることができるだろうかと思った。そして、もしこれがスケキヨの血だったら。一体、私はどう感じるのだろうか。胆振野のように泣き叫ぶことができるのだろうか。その答えはどうしてもわからなかった。

どれくらい歩いただろう。私は蓮沼に言われるまま、黙って歩き続けた。島の人々は血まみれの私達と係《かか》わり合いにならないように目を逸らし、道を空けた。自治組織ですら出てこなかった。根回しがされているのだろう。遊女屋街を抜け、裏道を通り、どんどん暗い方に進んでいく。いつの間にか連れの男達も姿を消していた。蓮沼の持つ小さな提灯のみで夜道を進んだ。私は何度も木の根や蔦《つた》に足をとられ転びかけた。蓮沼は進む方向の指示をする以外はずっと黙り込んだままで、短筒も私の背中に押し当てられたままだった。

やがて水の流れる音が聞こえだし、岸辺に出た。そこは渡し守達の小屋が建ち並ぶ水門近くの岸辺だった。ここの水路は島の水路の源流ともいうべき大きな広い川のような水路だった。岸には長い桟橋が造られていて、何艘もの舟がそこに繋がれている。しかし、たくさん並んだ小屋には一つも灯りが点っておらず、あたりは不気味なほど静まり返っていた。

　蓮沼と私が桟橋に近づくと、暗闇の中、何かがむくりと立ち上がった。その影は桟橋にあるいくつかの松明《たいまつ》掛《か》けに火を点けた。辺りが明るくなる。その男はイヅマだった。イヅマの足元に丸太のように何かが転がっていた。イヅマにはすでにもう連絡が行っているのか、蓮沼もイヅマも一言も言葉を交わさない。イヅマはちらりと私を見ると、中腰になり、足元を松明で照らした。

「……蓼原！」

　私は声をあげた。蓼原が後ろ手に縛られ、桟橋に転がっている。その顔は変形するくらい殴られ腫れていたが、確かに蓼原だった。私の声を聞いて、蓼原は必死に顔をあげようと海老《えび》のようにのけぞった。

「嬢ちゃん！　つかまっちまったんですか……」

　歯を折られたのか、普段よりもっと擦れ、空気の抜けた声で蓼原は悲痛な叫びをあげた。イヅマが蓼原の腕と足を縛っていた縄を解く。足で小突かれ、蓼原はよろよろと起き上がった。手を擦《さす》りながら、首を縮こまらせて蓮沼を見上げる。

「頼みやす。嬢ちゃんには手を出さねえで下せえ……。あたしと違って、嬢ちゃんは無関係ですよって。お願いしやす」

蓼原は何度も頭を下げながら言った。話しながら何度もつっかえ、顔をしかめる。殴られた傷が痛むのだろう。蓮沼は私を引き寄せ、短筒が見えるように私の顎の下に当てた。

「それはお前次第だな。スケキヨに伝えろ、姉貴の命が惜しかったらここに来いって。お前はあいつの居場所を知ってるんだろ」

蓼原は俯いた。だが、しばらくすると顔をあげ、私を見た。私は首を振った。蓼原は泣きそうに顔を歪めて言った。

「……わかりやした」

「じゃあ、行け」

蓮沼がそういうと蓼原は足を引きずりながらよろよろと舟に向かった。舟に乗り込んで、櫂を舟底から持ち上げる。

「駄目よ！　蓼原！」

「嬢ちゃん、待っといてくだせえ。坊ちゃんなら、きっとなんとかしてくれやす」

「違うの！　行っても無駄なのよ。スケキヨは来ないわ」

「坊ちゃんはきっと助けてくれやす」

「いいえ、来ないわ。だってスケキヨは……」

私は言いよどんだ。

「……スケキヨは私を許してないのよ。きっと、一生、許さないつもりなのよ」

蓼原の動きが止まった。

「何を言ってるんです……嬢ちゃん」

蓼原は信じられないというように声をあげた。

「あの晩の事を言ってるんですか？　嬢ちゃんは勘違いしておりやす。あれから、坊ちゃんがどれだけあの事を悔やんだか……。あんな坊ちゃんを見たのは後にも先にもあん時だけですよって、きっと未だに引きずってるってあたしは思っておりやす。だから、無理にでも会うように言ったんですよって」

私は思わず目を背けた。あの晩起きた事を、蓼原が知っているとは思っていなかった。何も言えなかった。水辺の虫の声だけがあたりに澄んだ音を散らしている。蓼原は珍しく強張った険しい目をして私を見ていたが、ふっと手元の櫂に目を落とした。

「知ってるでしょう、嬢ちゃん……。昔からあたしの言うことに間違いはありやせん。待っといて下せえ」

そう言うと、蓼原は桟橋に繋いだ荒縄をはずした。そして、小舟は暗闇の中に消えた。水音が遠ざかっていく。ざっという草が擦れる音がしたと思ったら、イヅマが消えていた。後には私と蓮沼が残された。

蓮沼は私を放すと、桟橋に腰を下ろした。煙草を取り出し、近くの松明から火を点ける。

「逃げるわよ」

私は立ったまま言った。蓮沼は黙ったままだった。私は溜息をついた。私の脚力でこの男から逃げ切れるはずがない。私も腰を下ろした。

「お前が最後の切り札ってわけか」

煙を吐き出しながら、蓮沼は独り言のように呟いた。

「スケキヨは来ないわよ」

「それ、さっきも言っていたな。さっき、お前らが話していたことは何だ」

蓮沼は鋭く言った。私は口をつぐんだ。ふんと蓮沼は鼻を鳴らす。

「言いたくねえってか」

私はしばらく黙っていたが、気持ちを落ち着けるために話すことにした。

「前、あなたに嘘をついた」

蓮沼が私を見る。私はわざと無理に明るく笑った。

「スケキヨと最後に会ったのは、あなたが一緒の時じゃない。あの晩遅く、スケキヨが訪ねてきたのよ。今まであれは幻覚だったのかと思ったりもしていたけど、現実だったみたいね」

蓮沼は黙っている。

「スケキヨは私を抱こうとしたのよ。そう、確かな意志で。あの時の私は受け入れることが出来なくて、酷い事を言ってしまった。それ以来、会ってないわ」

「へえ」

蓮沼は煙を吐き出しながら、気のない返事をした。

「驚かないの？」

「ああ、あいつの事は一年以上も追ってるからな、なんとなく想像はつく。それに気持ちもわからんでもねえな。大方、どうせ救えねえなら、他の誰かに汚される前に自分の手で汚しちまいたかったとかそんなだろ。お前だけはな」

「やっぱり、あなたとスケキヨは似ているのね」

蓮沼ははっと笑って、頭を掻いた。

「おい、あんな性根から歪んだ奴と一緒にしないでくれよ。あいつには生まれつき罪悪感とか人間らしい情ってもんがねえだろ。そこらに棲む魚や虫みてえにな。俺みたいに必要に応じて押し殺してきたのとは違う。まあ、それも表に出さなきゃ同じなんだろうけど。だが、俺にとっては大きな違いなんだよ」

「あなたは押し殺しているの？」

私が聞くと、蓮沼は横目でちらりと私を見た。

「しょうもねえことを言っちまったみたいだな、忘れろ。それよりいくつか質問がある。こっちに来い」

そう言って、乱暴に引きずるように私を抱き寄せた。蓮沼も生臭い血の匂いがした。それが水からたち昇る匂いと混じり、月水の時に見る夢を思い起こさせた。下腹がもったりと重くなる。熱い蓮沼の体温が、冷えた身体に伝わってきた。

「スケキヨに来て欲しいか」

私の耳に囁くように蓮沼は言った。私は答えることが出来なかった。蓼原がスケキヨについて言ったことが、何にも結びつかずに頭を駆け巡っていたのだ。

「お前、スケキヨに会うのが怖いんだろ」

私の胸にその言葉は刺さった。その通りだった。怖かった。怖くて、怖くて、正気を失いそうになるくらいに。何を言ったらいいのか、どんな顔をしたらいいのか。それよりも、一体スケキヨは私を見てどんな顔をするんだろうか。その顔を正視する勇気はなかった。考えるのも恐ろしかった。

私は蓮沼の厚い胸に腕を回して、力を込めた。

「ええ。怖いわ」

正直に言った。

「それに、スケキヨが来たら、あなたはスケキヨを殺すのでしょう」

「そうだ。邪魔をしたら、もちろんお前も殺す。不安だろう。でも同時に、お前の中には今仄《ほの》かな期待が高まっていっているはずだ。来て欲しくないとは言いきれねえだろう。本当はスケキヨの姿を一目でいいから見たいはずだ、どんなに危険でもな。お前はそういう女だ」

私は目を閉じた。混沌《こんとん》としたものが胸に渦巻いている。水の中にいるように吐く息が重かった。蓮沼は私を押し倒した。桟橋のごつごつとした目の粗い板が、背中に当たる。

「そういう期待と不安と恐怖でごっちゃになったお前を見ると、抱きたくなるんだよ」

私は蓮沼に手を差し伸べて、その逞しい身体を受け入れた。ハナを傷つけ、新笠を死に追い込み、スケキヨを私の目の前で殺そうとしている鋼《はがね》のような手が私の身体を這う。そんな手でも一向に構わなかった。自分のうちで渦まいている不安や恐怖から乱暴に私を剝ぎ取り、遠ざけてくれるものならば。私は蓮沼の頭を抱くと唇を寄せて、男の息を胸の奥まで吸った。

手早く事を済ませると蓮沼は服を直し、傍らに片膝をついて座った。私はまだぼんやり横になったままだった。虫の声が響き渡るだけで、辺りは物音ひとつしない。

「なあ、お前、今ならスケキヨを受け入れられるのか？」

意地悪そうに笑いながら、蓮沼は聞いた。私はそのことについて思い巡らせた。力の抜けた身体がぴくりと動き、たった一粒だけ涙が零《こぼ》れた。私は慌てて起き上がった。蓮沼は驚いた顔をしていたが、煙草に火をつけると、「妬けるな」と冗談のように呟いた。

それからしばらく黙っていたが、やがて蓮沼は苛立ったように立ち上がり、靴を鳴らして歩き回りだした。

私は何も考えず、それを眺めていた。蓮沼が足を止める。

「焦っても仕方ねえな」

そう呟くと、また私の横に腰を下ろした。

「暇つぶしがてら、もうひとつ、しょうもない話してやるよ」

「何？」

「お前を見ていると、たまに俺の母親を思い出す」

「あなた、ちゃんと実の母親に育てられたの？」

ああ、というように蓮沼は頷いた。煙草を出そうとして、もうないのに気付き、軽く舌打ちをした。諦めたように桟橋の舟を繋ぐ杭にもたれかかる。

「変わった女だった。大きな遊女屋の引っ込みだったのに突き出し前の子供みたいな年で俺を産んじまって、手放さなかったもんだから裏華町にやっかい払いされたんだ。平気で赤ん坊横に置いたまま、客を取ってやがったらしい。俺が物心ついてからは流石に床入りの時は俺を外に出したり、押入れに入れたりしてたがな。それでも、絶対に俺を手放そうとはしなかったな。しかも、おおらかというか、ぼんやりした女で、息子の前で客と寝ても恥じらったり、罪悪感を覚えることもねえみたいだった。いつも、私は娼婦だからこれが仕事なのよって平然として荒れることもなかった。俺も気にしたり怒ったりしても反応がねえし、段々馬鹿らしくなって毎晩母親が抱かれるのを黙って見ていた。昼間は紅殻格子《ベンガラごうし》の隙間から、裏華町の様子を毎日見ながら暮らした。母親は俺を外で働かせなかったからな」

私は婆の家で一日中ぼんやりと過ごしていた頃を思い出した。

「俺が初めて抱いた女は母親だった。俺の身体が成長すると、当たり前のように母親は俺の布団に入ってきて、俺のものを口に含んだ。俺は正直、どうしていいかわからなかった。ただ、俺は本当はずっと母親が抱きたくて気が狂いそうだった。それが、ばれてたんだと思って俺は混乱したんだ。けど、あの女は笑いながら気にしなくていいって俺を嬉しそうに抱き締めた。それから、俺は何度も母親を抱いた。間違っているってわかっていながらも、俺は自分の欲望に逆らえなかった。あの女は一度も俺を拒まなかったな。今でもたまにあの時俺がしたことは正しかったのか考えるが、結局、正しかろうが間違ってようが俺に選択の余地なんて無かった。拒むことなんて出来やしなかった。けど、あの女はいつだって平然と状況を受け入れるだけだった。今でも時折その姿を思い出すと、自分が半端に思えんだよ」

蓮沼は淡々とそこまで話すと、しばらく黙った。私は自分とスケキヨのことを考えた。スケキヨを普段寝ている客と同じように捉えるのは、容易ではない気がする。スケキヨのことだけは、私は平然と受け入れることが出来る自信がなかった。何故、そんな話を蓮沼がしだしたのかはわからなかった。慰めのつもりなのだろうか。そう思うと居心地が悪い気分になり、私はなんでもないような顔を作って尋ねた。

「今、あなたの母親は?」

「俺の本土の身分証を買うだけの金を貯めて、それを手に入れると自殺した。俺が十七の時だった。拍子抜けするくらいあっけなく首を吊って死んだよ。死んだ母親の顔が俺が見た母親の顔の中で、一番深刻なつらをしていたな。最初からそのつもりで、俺を手元に置いてたんだと、その時気付いた」

「良い母親だったのね」

蓮沼は擦れた声で笑った。

「本当にそう思うか?」

「わからない」

「だろ? 俺にもずっとわからねえんだ」

その時、静かに水を掻く音がした。はっと蓮沼は敏捷《びんしょう》な動きで立ち上がり、私の腕を摑んで引き寄せた。短筒が身体に押し付けられる。蓮沼の身体が張り詰めていた。闇の中、小舟がこちらに向かって来ていた。しかし、乗っているのはどう見ても蓼原一人にしか見えなかった。

「どういうことだ」

蓮沼が腹の底から怒った声をだした。蓼原は桟橋まで来ると、舟を止めてうなだれたまま言った。私と目を合わせない。

「坊ちゃんから伝言がありやす」

「は？」

蓮沼は今にも蓼原に向かって発砲しそうな勢いだった。蓼原は小舟の上で亀のように縮こまり、震えながら言った。

「あたしはただの伝言係ですよって。止めて下せえ」

「俺はスケキヨを連れて来いと言ったはずだ」

「頼んます、伝言だけは言わせて下せえ」

「言え！」

蓮沼は声を一層荒らげた。

「もう僕を追う理由はなくなったはずだ、と……。そう言っておりやした」

「な……」

怒鳴りかけて、蓮沼は動きを止めた。眉間に皺を寄せ、鼻をひくつかせている。振り返って空を見上げた。

裏華町の方の空が紅かった。凶暴な夕暮れのように。

どこからか焦げた臭いも風にのって流れてきた。

蓮沼は渡し守小屋の間に造られた物見櫓《ものみやぐら》まで走っていくと、飛ぶようにそれを登り始めた。しかし、櫓からではなくてもわかった。裏華町は燃えていた。

「馬鹿な！」

蓮沼は櫓の上から叫んだ。

ちょうどその時、草を掻き分ける音が近くで聞こえた。草むらから、息せき切ったイヅマが現れた。

「蓮沼さん！」

イヅマは落ち着きなく、桟橋に目を走らせた。蓮沼が身軽に櫓から飛び降りて、こちらに駆けてくる。その顔が険しい。イヅマもいつもの冷静さを欠いていた。大量の汗を体中にかいているようで、着物の背中一面が黒ずんでいる。

「何があった？　あれは何だ？」

「更津屋の胆振野です！　あいつが店の連中と一緒に突然、我々に襲いかかってきやがって……ほとんどやられました。胆振野達はそのまま裏華町に向かいました。何故か自治組織の連中まで続々と協力しまして……」

「あいつら裏切りやがったな……。だが、裏華町の護衛があいつらに簡単にやられるわけがねえだろう。なんだ、あの火は！」

　イヅマは怒りで震える拳《こぶし》を握り締めた。

「……裏華町の護衛団、火消しを始めとする町のほとんどの奴らが、まったく動けねえ状態だったんです。井戸に毒を盛られたようで。簡単にみんなやられました。この島の人間は元々裏華町を苦々しく思ってやがるし、この機会に一掃するつもりなんでしょう。火を放ちました。海風と乾燥した空気であっという間に燃え広がりやがった」

　蓮沼は私の方に鋭い視線を走らせる。

「あのスケキヨの情婦は胆振野とどういう関係だ？」

「……親子よ」

　私は答えた。蓮沼は舌打ちをした。

「……スケキヨのやつ。全て計算通りってわけか」

　そう言うと、蓮沼は空を見た。先ほどより火は勢いを増し、空は紅い津波のようにうねり揺らめき、黒い煙がもうもうと立ち昇っていた。遠くから叫び声や何かが爆発する音も聞こえてくる。島の寝静まった遊女屋街以外の家々の灯が、その騒ぎを聞きつけてぽつりぽつりと点き始めていた。

「……仕組まれたな。どうせ、爺《じじい》どもは無事なんだろ？」

空を見上げたまま蓮沼は呟いた。イヅマがはっと顔をあげる。

「……運良く、本土に向かう船に乗っていたようで」

「運良く、な。そろそろ庇護者の爺どもの政権交代の時期ってわけだ。最後に派手な花火を上げようってか。おい、イヅマ」

「はい」

「爺どもに伝えろ。責は全て蓮沼が負うってな。お前はそれを伝えたらしばらくどこかに雲隠れして、この件の事は忘れろ。スケキヨに復讐しようとも考えるな。俺らの負けだ」

「……でも、それでは、蓮沼さんが」

「俺のことはいい」

蓮沼は抑えつけるように言った。悲痛な顔で蓮沼を見るイヅマの胸板を、蓮沼は軽く押した。

「行け」

イヅマは黙ったまま、動かずにいる。蓮沼は畳み掛けるように怒鳴った。

「聞こえなかったのか！　行け！」

イヅマは口を固く結ぶときびすを返して、闇の中に消えた。蓮沼はしばらくそれを見送ると蓼原の方を向いた。

「おい、お前、煙草持ってないか？」

蓼原は飛び上がると、こわごわ頷いた。腰に下げた胴乱から何本か煙草を取り出すと、舟の上からそっと差し出す。その手が震えている。蓮沼は軽い足取りで桟橋に飛び乗ると、私の横を通り過ぎて蓼原から煙草を受け取った。私やスケキヨのことなど忘れてしまったかのような雰囲気だった。煙草に火を点け数口吸うと、松明に照らしてその煙草を眺めた。

「手作りだな」

蓮沼は皮肉っぽく笑った。

「まさかスケキヨの手作りか？」

蓼原が頷く。蓮沼ははっと短く笑った。

「毒入りじゃねえよな」

「坊ちゃんはそんな意味のないことはしやせん」

蓼原は暗い表情で言った。

「案外、良く解ってるじゃねえか。しかし、残念だな。毒入りだったら楽に死ねると期待したのによ」

蓮沼はそういうと、ぼんやり紅く燃え上がる空を眺めた。黒い煙はどんどん膨れあがり、火の勢いは強くなるばかりだった。夕暮れよりもっと紅く、火は生きているように揺れている。蓮沼は気が抜けたように見えた。自分だけの残り少ない自由な時間を、慈しんでいる様にさえ見えた。長年のしがらみから、今この時だけ解放された気分なのだろうと私は想像した。

「簡単なもんだな」

やがて、蓮沼はぼそっと呟いた。

その時、そっと蓼原が私の袖を引いているのに気がついた。蓮沼を見ながら、私も呆《ぼう》然《ぜん》としていたのだった。蓼原は手で舟に乗れと合図している。私は躊躇《ちゅうちょ》した。

「お前も行け」

振り向かずに蓮沼は言った。均整のとれた長身の後ろ姿を私は眺めた。

「嬢ちゃん、早く」

蓼原が小声で私を急かして、手を取った。

私は蓼原の顔を見つめた。片目は腫れあがってほとんどひらいていない。鼻にも口にも乾いて黒ずんだ血がこびり付いている。その善良な皺だらけの顔を、私は目に焼き付けた。

「蓼原、ごめんなさいね」

私ははっきりとそう言うと、蓼原を突き飛ばした。蓼原は驚いた顔のまま、ゆっくり仰向けに水の中に倒れていった。派手な水音がして、蓮沼が驚いた顔をして振り返る。

私は舟に飛び乗ると、櫂を使って桟橋を押して蓼原が乗れないように桟橋から舟を離した。

「蓮沼！」

私は叫んだ。

「乗って！」

蓮沼は口の端から煙草をぶら下げたまま、一瞬わけがわからないという顔をしていた。が、私の顔を見ると、大股で跳ねるように助走をつけ、ふわりと小舟に飛び乗った。そして、小舟がその衝撃で転覆しないようにすぐにしゃがんだ。

私は慣れない櫂を使って必死に重い水を漕いだ。離れていく桟橋を見ると、びしょ濡れの蓼原が背を丸めて立ち尽くしたままこちらを見ていた。表情までは見えなかったが、どんな顔をしているのかは想像がついた。私は櫂を固くにぎり直すと、島の出口の水門の方に向かって水を掻いて進んだ。

水門を抜けると、蓮沼は私がどこに向かおうとしているのかわかったようだった。

「貸せ」

短く言うと、慣れない櫂を苦労しながら振り回している私の手を強引に止めた。

「お前が漕ぐと水音がうるせえ」

私は黙って櫂を渡すと、腰を下ろした。ぐっと肩に力を込めて、蓮沼は櫂を深く水に差し込むと力強く漕いだ。滑るように小舟が進む。うっすらと汗をかいた額を、夜風が心地良く冷やしていく。

私は敢えて蓮沼に何も話しかけず、黒い水面を黙って見つめていた。舟の先端に付いた小さな灯籠だけが、どこまでも分かつことなく続く暗い水面と夜闇に頼りない灯りを落としている。やがて、誰かが追って来ても容易には追いつけないほど島から離れてしまうと、蓮沼は櫂を投げ出し、私と向かい合って腰を下ろした。辺りには水面のたてる小さな水音と暗闇以外、何もなかった。

「どうするつもりだ」

私は島の反対側にある白く光るデンキの群れを、黙って指し示した。

「お前、身分証ないだろう」

「でも、あなたは持っている。あなただけでも逃げたらいい」

「お前はどうなる。お前は遊女だから、こうして楼主の許可状なしに島を離れただけでもう、罰則の対象だぞ」

「もう、どうでもいいわ。目をくり抜くなり、手足をもぐなり、誰でも何でも好きにしたらいいのよ。どうせ何も感じない。それなら行ける所まで行くわ」

「驚いたな……」

蓮沼はそう呟くと、肩を回して首を軽く揉んだ。蓼原からもらった煙草を取り出し、灯籠の火を点ける。しばらく黙って煙草を吸っていたが、やがて肩が小刻みに震え始め、抑えきれないというように喉の奥で笑い声をあげだした。

「何が可笑しいの？」

「いや、あいつ悔しがってるだろうなって思ったら、なんか愉快になってきやがった。この展開はいくらなんでも予想外だっただろう。はは、ざまあみろ」

「あいつ？」

「スケキヨ」

蓮沼はにやりと笑いながら、探るように私の顔を覗き込んだ。

「まだ、言っているの？　スケキヨは私の事なんかなんとも思ってないのが、まだわからないの？　現に助けにも来なかったじゃない」

私はげんなりしながら言った。蓮沼は目を細めて私を見ていたが、ゆっくりと頭上に煙を吐き出した。すっと手を伸ばすと、私の頬を指で弾いた。思わず身構えてしまう。

「結局、お前等は餓鬼なんだよな。やっと解ったわ」

「どういう意味？」

「お前等、二人共、お互いが怖くてたまらねえんだな。だから、お互い相手が笑って迎えに来てくれるのを待ってる。お前はスケキヨ、スケキヨはお前の事となると一歩も踏み出せないってわけだ。もっと早く気付けば良かったな」

「……何を言っているの」

「俺は本当の事を言ってるんだよ。俺にはよく解るよ。今頃、あいつは涼しい顔をしながら、胸中気も狂わんばかりだってことがな。あいつはお前が欲しくてたまらないんだよ。同時に、お前に嫌われるのが死ぬよりずっと恐ろしいんだよ。だからどうしても動けねえ。お前だって同じだろ」

そんな事、いまさらもう聞きたくはなかった。私は耳を塞いで、頭を振った。私の手を蓮沼の大きな手が握りしめ、耳から無理矢理離した。私は必死で懇願した。

「お願い……。その話はもうしたくない。スケキヨの事はもういい、考えたくない。辛いの。お願い。私はあなたと本土に逃げるわ。もう全部なくしてしまいたい」

蓮沼は真剣な顔をしていた。切れ長の細い鋭い目が硬く強張っている。

「俺は本土には行かない」

「……どうして」

「何故、俺が母親の命と引き換えに得た身分証を持っていながら、この島に居続けたと思う？　いいか、結局のところ、紅殻育ちには裏華町、浮島育ちにはこの島にしか、居場所なんてねえんだよ。やっとの思いで身分証を手に入れたって、本土では仕事にさえありつけねえ。俺達が買える身分証は、本土の保証人がいなきゃ本土では生きていけねえ種類のもんなんだよ。逃げる場所なんてどこにもねえ。俺達はこの腐った水の中以外、自分で選んで行ける場所なんてありゃしねえんだよ」

蓮沼は私の手を放した。私はぐったりとうな垂れた。身体から力が抜けていく。

「それが、現実だ、白亜」

自分に言い聞かすように蓮沼は言った。昔、こんな風に呟いた人が居たような気がしたが、何故か誰かが全く思い出せなかった。私が言葉を交わした客以外の人間など数える程しかいないというのに。

「じゃあ……」

しばらく経って、私は言った。

「一緒に死のうか、蓮沼」

蓮沼は膝に頬杖《ほおづえ》をついて、島を眺めていた。相変わらず空は凶暴に紅く染まっている。祠の森が黒々とした闇を背負って、大きく膨らんで見えた。対岸の物悲しいデンキの光と比べると、燃えさかる島は原始的で美しくさえあった。私は島の全貌《ぜんぼう》を遠くから眺めるのは初めてだということに気がついた。そういえば、私は島の名前すら知らない。

「本当にそれでいいのか」

ゆっくりと蓮沼は呟いた。私は笑った。

「いいわ。一生に一回くらい選んでみたいのよ。たったひとつしか、選択肢がなくても」

蓮沼はなおもしばらく島を見ていたが、ゆっくりと私の方を向いた。上から下まで私を眺めると、手を伸ばして髪を撫でる。

「癪にさわるが、俺がお前に惚れちまうことも計算のうちだったんだろうな」

「あなたは最後まで軽口ばかりね」

私は笑った。蓮沼も短くはっと乾いた笑い声をあげる。

「来い」

蓮沼は私を引き寄せた。小舟が揺れて、私は蓮沼の太い腕の中にすっぽりと納まった。蓮沼は腰から短筒を取り出すと、小さな金属音をさせて中を点検した。最後にがちゃりと大きな音をたてて、納得したように頷くと引き金に指を掛ける。私がその手元を見ていると尖った顎で私の顔をのけぞらせ、激しく口を吸った。短筒を持ってないほうの腕が私の身体をきつく締めつける。随分長い間、蓮沼は片時もじっとせず、顔を動かしながら私の口の中の隅々まで舌を這わせたり、唇を噛んだり舌を吸ったりした。ようやく顔が離れた時、私の息は乱れ、頰は上気し始めていた。

私は蓮沼の顔だけを見つめていた。死ぬこと以外、何も考えられなかった。蓮沼は私を見て、尖った目をいつかの猫のように細めた。

「あいつの所へ行け。生まれついての歪みなら、それは歪みじゃねえんだよ。俺とは違う、お前もあいつもな」

傷のある蓮沼の頬が斜めに歪んだ。笑ったようだった。

何かを言う間もなく、鈍い衝撃が私を抱く大きな身体に走った。ぐらりと蓮沼の身体が揺らぎ、今さっきまで強い力で私を抱きしめていた太い腕が私の背中を滑り落ちた。支えようと身体に力を込めたが、蓮沼の重い身体はずるずると傾いていった。

私は声にならない叫び声をあげ、舟底に尻餅《しりもち》をついて仰向けに倒れた。大きく舟が揺れ、水が舟の周りで飛沫《しぶき》をあげる。

「蓮沼！」

私はやっとの思いで何とか名を呼んだ。

「蓮沼！　蓮沼！」

もう遅いとわかっていたが、何度も叫んだ。叫びながら、仰向けに倒れた蓮沼の身体を起こそうとした。叫び声は虚《むな》しく闇に吸い込まれていき、蓮沼の身体もぴくりとも動かなかった。蓮沼の身体は力を失い、舟底にただの砂袋のように無機質に転がっていた。

足元に何か生ぬるいものが触れた。舟底についた膝を見ると、黒いぬめりを帯びた液体が蓮沼の身体から流れ出している。それは生温かく、ぬめぬめと舟底を浸食しだしていた。血の生臭く甘い匂いがたち込めていた。ぞわりと濃い闇のような恐怖が湧き起こる。じわじわと触手を伸ばしてくる血溜まりから逃れようと、私は手と尻を使ってじりじりと船尾まで這うように進んだ。

こつりと何かが足に当たった感触がした。その辺りを手で探ってみると、蓮沼の短筒があった。

私はその冷たい金属を掴むと、こめかみに当て、目を瞑った。迷う事なく引き金を引いた。

虚ろな空洞をばねが弾く音がした。

弾《たま》はもう無かった。


どのくらいの時間が経っただろう、近くで大きな水音がした。船首の方からだった。もたもたと抱えた膝を解き、音のした方へ這って行き、暗い水面を覗き込む。灯籠の照らす辺りの水面を、大きな魚影がゆっくりと横切って行くのが見えた。全体像が見えないくらい大きな魚だった。私は弾かれたように立ち上がり、食い入るように魚を見つめた。水底の闇より暗い魚の体が、静かに灯りが届く範囲を通り過ぎていき、やがて見えなくなった。私は息をするのも忘れて魅入っていた。

魚の動きと共に、静かに冷たいものが私の心をひたひたと満たした。感情の欠片《かけら》もない灰色の目が、私の混乱をしんと凍りつかせた。

静かに深く息をすると、私はゆっくりと着物の帯を解いた。それを何回も足に巻きつけ、きつく結んだ。そして、底の見えない暗い水面に身を投げた。

それでも、私は死ぬことが出来なかった。

高熱に何日も浮かされ、やっと意識が戻った時、うんざりするほど見慣れた天幕と天井が何事もなかったかのように私を見下ろしていた。

助けられた記憶は全くなかった。あの晩の明け方頃、店に渡し守の桟橋に私がずぶ濡れで倒れていると、知らせが入ったそうだ。恐らく蓼原だろう。

私が寝込んでいる間に、店は様変わりしていた。しかし、私が目覚めた頃には、その変革期の混乱も裏華町が大火によって消滅した興奮も収まりかけていた。だが、しばらくは変に高揚した活気が島を包んでいて、引手茶屋も呼び込みも遊女達も夜な夜な大変な浮かれようだった。いつもよりたくさんの島の人間や自治組織の男達が遊女屋に訪れ、明け方近くまで騒いでいた。

私にはよく理解出来ない現象だった。ただ、ひっきりなしに指名が入ったので、幸いにも考える余裕がなく、私は空っぽになって身体をひさいで過ごしていた。

胆振野の行方はついに知れなかった。自治組織を扇動して裏華町を襲い、火を放って町が崩れ落ちるのを見とどけた後、いつの間にかどこかに消えてしまったという話だった。私は片耳のない巨軀が、澱んだ水に漂う姿を想像した。

胆振野に子供はいなかったので、胆振野の後任としてワタリという男が楼主になった。

小柄で鼠のような顔をした男だった。ずっと胆振野の下で更津屋の帳簿係をやっていた狡賢《ずるがしこ》い男だ。ワタリは私の意識が戻るやいなや、部屋にずかずかと上がり込んできた。そして、寝台に横たわる私を満足そうに見下ろした。粘っこい笑いを浮かべながら。

「お前が寝てる間に、俺が新しい楼主になったんだ」

「それは、それは。どうぞよろしゅうに」

気のない返事をした。昔、私が大部屋にいた頃、この男が寝床に潜ってきたことがあったのを思い出した。執念深い質なのだろう。ワタリは私に触れようとした。

私は睨みつけ、その手を素早く払う。

「どういうつもり？」

「楼主の検分だ」

虫を潰して愉しむ子供のように攻撃的な笑みを浮かべながら、ワタリは当然のことのように言った。私は鼻で笑った。

「猿山の天辺《てっぺん》に登って、もう浮かれているのかしら？　おあいにくさま、私はもう高林様の御墨付きだから検分の必要はないわ。浮かれて自分を見失っていると、すぐにお山から引き摺《ず》り降ろされるわよ」

高林というのは更津屋で一番の上客だった。もう随分な高齢だったが、若い頃から更津屋を贔屓《ひいき》にしてくれている。私は彼のお気に入りだった。何人かの上客の機嫌を損ねると、たとえ楼主といえども役から降ろされることもある。ワタリの顔色が変わった。

「さっさと出て行って。まだ体調が悪いの。楼主たるもの、商品は大切にするものよ」

私はありったけの侮蔑を込めてそう言うと、顔を背けた。変わらない日常に戻っただけでも不快だったのに、目覚めてすぐにこんな貧相な顔を見たくはなかった。

ワタリは怒りで真っ赤になって、捨て台詞《ぜりふ》を残して去っていった。

「いいか、いつまでもそんな大きな顔していられると思うなよ！」

そんなことは承知の上だった。もう、いつまでもこうしているつもりはなかった。私の目には何もかもがただただ鬱陶《うっとう》しいものに映った。そして、それに気がつかない全ての存在にひどい苛立ちを覚えた。

その日から、私は今までは流していた遊女達の嫌味や意地悪に対し、いちいちやりかえすようになった。そうして、頻繁に小競り合いを起こした。他人を嘲笑い、傷つけることで得られる確かな感触を欲していた。そして、諍《いさか》いと興奮の後に訪れる、美しいほどくっきりとした孤独を待った。それは、自分自身のかたちがはっきりなぞれる瞬間だった。触れそうなほどに。そうしなくては、もう私は自分が確かに存在するのかわからなくなっていた。

スケキヨという真実を失った今や、私は無に等しかった。どうせなら、消えてしまいたかった。

ある晩、佐井がやってきた。

私は密かにそれを心待ちにしていた。

期待を込めて、私はしばらく彼の穏やかな人のよさそうな顔を眺めた。ひどく懐かしい気がした。僅かな間に様々なことが変わりすぎたからだった。

「随分、久しぶりな気がしますね」

佐井は深い声でそう言うと笑った。不揃いな八重歯がこぼれ、あどけない表情になる。ふいに何かが込み上げてきて、佐井の首に自分から腕を回していた。清潔な髪の匂いがする。私の鼻先が白い首筋に触れた。佐井は私の背中を撫でながら、静かに言った。

「噂、聞きましたよ」

私は佐井から身を離して、その顔を見上げた。

「蓮沼と心中しようとしたそうですね」

「蓮沼を知っているの？」

「ええ、うちは裏華町とも商売をしていましたから。もうなくなってしまいましたけれどね」

私は黙ったままだった。涼しい顔で微笑しながら佐井は言った。

「駄目ですよ」

「え……」

「駄目ですよ、あなたがあんな男と心中なんて」

頭が痺れた。スケキヨに言われているみたいだと思った。うっとりとした目で佐井を眺める。

「……じゃあ、弘嗣様とならいいのかしら」

「……どうでしょうね」

そう言うと、佐井は私の身体を引き寄せてくちづけした。軽く舌を絡ませると、私はすぐに身体を離した。佐井は困ったように小首を傾げる。私はその頭を抱いて言った。

「早く、抱いてください」

「まだ、きたばかりですよ」

佐井の声が深い振動となって、私の身体に伝わってくる。

「私は構いません。弘嗣様はお嫌ですか？」

佐井は答えなかった。代わりに、私を抱き締める腕に力を込めた。

夕暮れで紅く染まった部屋で、いつものように丹念に佐井は私の背中を愛撫した。私は紅く染まった天幕が揺れるのを見ながら、あの晩の大火事を思い出していた。今思えば、あれは壮大で美しく、そして残酷だった。スケキヨもきっとそう思っただろう。昔のスケキヨに会いたいと思った。私の知っているスケキヨがいる、冷たく暗い場所に私を連れていって欲しかった。今ならばもう恐れる事なく、昔スケキヨが美しいと褒め称《たた》えた恐ろしいものにも身を晒す事が出来ると思った。

全身の力を抜き、佐井の愛撫に身を任せた。抗う事なく。そして、佐井が私の首を絞めるのを待った。いつか、私の身体で湧きあがったぬめりを帯びた貪欲な快感が、頭をもたげてきていた。私はその闇を受け入れる。闇は私の中で膨れあがり、私の心臓を潰し、どろどろと流れ出し、私の息を止めた。一瞬、身体が潰されそうな重みと苦痛が走りぬけ、またたく間に火花のように散った。弾けた光の粒が硝子の破片のように頭の中に降り注ぐ中、私は全てを消し去る暗闇の中に落ちていく。喜びと恐怖が私を満たした。ほんの僅かの間だった。私は激しく咳《せ》き込んで意識を取り戻した。息が苦しく、身体が重い。涙を流しながら、私は長い時間枕に突っ伏して咳き込み続けた。少し落ち着いてくると、私は佐井を睨みつけた。

「どうして止めるの？」

佐井は驚いた顔をした。

「だって、そのまま絞め続けたら、死んでしまいますよ」

私は失望を隠す事なく佐井を黙って見つめた。佐井は困った顔をしている。その目の奥に子犬のような人懐っこさが見え隠れしていて、私の気分を暗くさせた。私が求めているのは白い月のような、もっと冴え冴えとしたものだった。

静かに私の中で何かが弾け、そして流れ出して消えていった。乾いた土に吸い込まれていくように。ざらついた空洞を抱えて私は裸のまま立ち上がった。後ろで佐井の声がした。

「どうしたんです。様子がおかしいですよ」

ふらふらと鏡台の近くまで歩いていくと、鏡台の横にある燭台の細い足を持ち上げた。寝台の方へ振り回す。ぱっと火の粉が飛び、天幕の薄い布に簡単に火が点いた。火は舐めるように天幕のあちこちに線を描いて伸びていく。そして、あっという間に立ち上がり炎となった。

うわあ、と佐井は大声をあげて、寝台から飛び出した。そして、恐怖に歪められた顔で私を見た。その表情が滑稽で、私は思わず声をあげて笑ってしまう。私の笑い声に押されるように佐井は乱れた着衣のまま、じりじりと後ずさりしていくと、襖を開けて飛び出していった。何かにつまずきながら。

その間も炎は着実に大きくなっていった。元々、燃えやすいものだらけの部屋なのだ。炎が巻き起こす熱気を帯びた風が私の髪を煽《あお》った。部屋は目に痛いほどの鮮やかな赤に彩られていく。もう少し炎を眺めていたかったが、廊下を駆けてくる大勢の足音と遊女達の悲鳴が聞こえだしていたので、着物を拾って羽織ると廊下に出た。

鼈甲色の板の間はひんやりと足に冷たかった。すれ違った妓夫達が何か大声で私に向かって言った。私は曖昧に笑った。無性に全てが可笑しかった。笑いが止まらない。くすくす笑いながら、私は隣の遊女の部屋に入った。

案の定、そこはもぬけの空だった。乱れた空の寝台がひっそりと口をあけている。そこに腰掛けた。部屋は妙な甘ったるい匂いに満ち溢れていたが、贅沢《ぜいたく》は言えない。寝台脇の飾り机の上に度の強い果実酒が置いてあったので、一気に飲み干した。鏡台から取ってきた剃刀を、夕闇が訪れ始めた部屋の中で眺める。鉛色の冷たい刃は、私の中で膿んだ熱いものを吸い取ってくれるような気がした。刃はひやりとしたスケキヨの横顔を彷彿とさせた。隣の部屋から何かが炎で爆ぜる音がした。

果実酒で胃が熱くなってくるのを待って、手首に剃刀の薄い刃を力いっぱい当てた。顔に生温かい飛沫が散る。それを拭いもせず、寝台に仰向けに横になる。私の部屋とそっくり同じ天井だった。目を閉じた。手首から身体の温かみが流れだしていく。指先から冷たくなっていくのが感じられた。このまま、身体の端から冷たい闇に呑み込まれることを祈った。喧騒がゆっくりと遠のいていった。

その時、閃光《せんこう》が空気を走り抜けた。雷魚の激しい怒りのような。

途切れかけた私の意識が戻った。目をあけた瞬間、地鳴りが廓を襲った。びりびりと空気が震える。よろめきながら立ち上がり、窓を開く。

空気が湿気に満ちていた。灰色の分厚い雲が空を覆っている。そして、白く細い光がその中を走っていた。空が唸《うな》っている。雷だった。

再び、ぴしりと大きな光が閃く。獣のような咆哮《ほうこう》。音が振動となって、私の身体を貫く。

スケキヨ。

雷が落ちた地響きを感じながら、私は強くスケキヨを想った。それが、スケキヨの怒りのように感じた。

やがて、水の重さに耐え切れなくなった空から雨が降りだした。雨はどんどん勢いを増していく。ばらばらと屋根が鳴る。

ふと、手首に熱さを感じた。大量に血が流れ出し、衣服を染めていた。その脈拍と共に痛みが私の身体に走った。痛い。痛い。身体がそう叫んでいた。私は呻《うめ》き声を洩らし、傷口を押さえた。痛みなど、忘れたはずだったのに。

もう一度、閃光が目を刺した。土砂降りの中、負けじと爆音が轟く。

再び、窓の外に目をやった。

息が止まった。

きびすを返して、私は走り出していた。

部屋を出て、廊下を抜け、階段を走り降りる。消火のための水桶《みずおけ》や砂を抱えた店の男達が、私の姿を見て声をあげた。手当てをしようとする人々の手を、無茶苦茶に暴れて振り払う。気が遠くなり、一瞬廊下に膝をついてしまう。それでも、私は自力で立ち上がってまた走った。

火事で避難したのだろう、見世には誰もいなかった。遊女達の扇子や髪飾りや懐紙が板の間にいくつか散らばり、雨がそれらを濡らしている。水煙があがるくらい激しい雨だった。私は見世を走り抜け、桟橋に向かった。

桟橋の一番奥の浅瀬の近くを男が水を掻き分けながら、岸に向かって歩いていた。燃え盛る私の部屋を見上げながら。男の後ろの水平線を雷が走り抜ける。蓼原が小舟を引きながら、必死の形相で男を追いかけていた。

降りしきる雨の中、私は桟橋に立ち尽くした。蓼原がこちらに顔を向ける。

「嬢ちゃん！」

悲痛な声だった。小舟を引く紐《ひも》を放し、私に駆け寄って来る。桟橋によじ登り、私の肩を激しく揺すった。

「嬢ちゃん……！　嬢ちゃん、何でなんです！　何で、あたしの言葉を信じてくれやせんのです！　どうして……どうして、坊ちゃんを独り置いていこうとするんです！　坊ちゃんは……」

言葉が続かなかった。蓼原は顔をしわくちゃにして号泣していた。

私はその肩の向こうを見ていた。手首の傷が脈打っていた。雨粒がどんどん目に流れ込んでくる。血を失いすぎて景色が霞んでいる。

それでも、見間違うはずのないものが、灰色の空気の中で震えていた。ちりちりりとデンキが光っていた。この世界で唯一、私の意識を繋ぎとめておいてくれるものが。

蓼原の肩を撫で、私は桟橋から水の中に降りた。膝まで水に漬かりながら、ゆっくり近づく。水を吸った衣服が重い。

私の数歩先で、デンキは白く輝きを放っていた。

スケキヨ。

スケキヨの表情は激しい雨でよく見えない。体も随分大きくなったようだ。昔の小さなスケキヨとは全然似ても似つかない。でも、その放つ空気はよく見える。どんなに時間が経っても変わらないものだったのだ。馬鹿だな、と思った。私は馬鹿だな。

雨の中、私達は水に漬かりながら見つめ合った。

スケキヨ。私はその青ざめた顔に手を伸ばす。

「ごめんね」

そう呟いたとき、辺り一面が光に包まれた。轟音《ごうおん》が降り注ぐ。

ばりばりと私の意識は身体から引き剝がされた。身体が傾く。私は闇に落ちていった。

意識を失う少し前に、誰かが水に倒れ込む私の身体を強い力で抱きとめる感触がした。

　白亜が辿り着いた雨極《うきょく》と呼ばれる場所は素晴らしい所だった。濃い緑のたくさんの植物に覆われ、美しい羽の鳥や蝶が飛び回っていた。柔らかな日の光の中、温かく細かな雨が至る所に降り注ぎ、小さな虹が現れたり、消えたりしていた。その雨に濡れても身体は全く冷えることが無く、それどころか旅に疲れた白亜の身体を癒《いや》した。白亜は日々軽くなっていく身体に驚いた。肌も若返ったかのようにつややかになっていった。そこに住む人間は少なく、皆穏やかでほとんど衣服をまとわず、豊富に採れる甘い果物を食べ、のんびりと暮らしていた。たくさんの場所を巡ってきたけれど、と白亜は思った。ここほど豊かで美しく、平和な場所は無いでしょう。ここここそが妾《わらわ》が辿り着くべき地だったのだと確信した。白亜は雨極に住み着き、幸福な時間を過ごした。ただひとつの事を除いて。ある日、散歩をしている時、白亜は懐かしい気配に気がついた。それはあの偉大な雷魚の気配だった。辺りを探したが周りには植物と柔らかな雨が降り注ぐ以外、何も見つけることは出来なかった。それからもずっと雷魚の気配は白亜の周りに漂い続けた。白亜は必死で雷魚の姿を求めた。探し疲れ果てた時、白亜は雷魚の声を聞いたような気がした。「目で見た私の姿を追ってはいけない」と。白亜は目を閉じその意味を深く考え、再び目をひらいた。愛《いと》しい雷魚が白亜の周りに満ちていた。日の光に煌く水蒸気の小さな一粒一粒に雷魚がいるのが感じられた。白亜は全てを理解した。水は空気に散って空に上がり、雲となり、地上のどこへなりと行き、そこに降り注ぎ、また水となるのだと。白亜がどこへ行こうとも、水を通じて雷魚は傍にずっといたのだった。白亜は雷魚に包まれて、再会の涙を流した。

辺りには不思議な匂いがたち込めていた。

青い柑橘《かんきつ》系の実を磨《す》り潰した時の飛沫のような清々しさがするかと思えば、秋の日の当たる落ち葉のような香ばしい匂いもした。深く息を吸い込むと、苔生《む》した老樹の放つ深い緑の息吹《いぶき》が鼻腔《びこう》をくすぐった。甘い果実や蜜の華やかな香りもした。それら様々な匂いが渦巻き、私を取り囲んでいた。そこにないのは人間の肌や体液の匂いだけだった。人外の全ての自然の香りが、揺らめきながら存在していた。辺りは真っ暗なのに、その匂いは私の頭の中に様々な色や模様を描きだした。

ふと、何かが私のそばを横切ったような気がした。

振り向くと、それはまたもゆっくりと身を翻した。

大きな灰色の魚だった。

私は微笑んだ。こんな所にいたのね、水の底はこんな匂いに満ち溢れているのね。もう、あなたが恐ろしくはないわ。

私は魚に向かって呟いた。連れていって頂戴。

灰色の魚は私を誘うように何度も身を翻して、もっと深い所へ潜っていった。私はその後に従った。


見たことのない艶のある黒っぽい木材でできた、梁《はり》のある高い天井が見えた。恐る恐る動かした手に、滑らかな絹の肌触りがした。手を上げると、切り裂いたはずの手首は真っ白な包帯に覆われている。哀しみが胸に滲んで、私はぱたりと手を掛け布団の上に落とした。布団も掛け布団も真っ白で上質な絹で出来ていた。

私の頭の方に窓があるようだった。青白い月光が、白い布団も包帯も青く染めあげている。懐かしい空気を感じた。

音をたてないように深呼吸をして、確信を込めて横を向く。紺の着物を着たスケキヨが静かに布団の脇に正座していた。あの日のように。

澄んだ月明かりの中に浮かび上がるその顔を見て、私は驚いた。なんて顔をしているのだと。どんな風に外見が変化していても、驚くつもりはなかったのに。

スケキヨは清らかな顔をしていた。

白磁のような肌に月の青い光が白々と映えて、なんとも言えない気品が漂っている。

草食動物のように憂いを帯びた目は、全てを吸い込んでしまいそうなほど深かった。

目が合うと、スケキヨはゆっくりと滲むように微笑んだ。

しかし、私はその周りの細かなデンキが瞬《またた》くのを見ていた。想いを確認するように。デンキは次々に白く美しい光を震えるように放ち、粒子となって部屋の青い空気に散っていた。

私はひらきかけた口を閉じる。心は満たされた。

食い入るように見つめるデンキが滲み、ぼやけてきた。身体が震えだす。

「白亜」

あらゆる想いを込めて、静かにスケキヨは言った。

ここはどこ？　とか、どうして私はここにいるの？　とか何ひとつ尋ねる必要はなかった。謝罪や気持ちを伝える必要もなかった。

私はただ、たった一言こう言えば良かった。

「スケキヨ」


スケキヨが暮らすこの家は焼け落ちた裏華町の近くにあった。荒れた海を見下ろす突き出た崖《がけ》の上にぽつんと一軒建っていた。

小さいながらも瀟洒《しょうしゃ》なこの家は和洋折衷の凝った造りで、スケキヨの馴染客が別荘として建てたものだということだった。今は好きに使って良いと言われているとスケキヨは言った。

私はどうやら気がふれたと思われたようだった。スケキヨが身請けをすると申し出ても、特に揉めたりすることなく交渉が行われたそうだ。私は自由の身になったのだ。

スケキヨと私の生活は穏やかなものだった。

スケキヨは相変わらず薬草の採集や調合に夢中で、一日の大半を研究用に当てた部屋で過ごしている。時折、身なりの良い人間が何人か本土からスケキヨを訪ねてくる。その度、スケキヨは私に聞こえないように扉を閉め、客人と話し込んだ。しかし、誰が来ても一刻ほどですぐに帰した。

私は何一つスケキヨに尋ねることはなかった。

何度か、蓮沼や裏華町や新笠のことを聞こうとしたのだが、スケキヨの目を見るとそれもうどうでもいいことのように思えてくるのだった。

白亜、僕に一体何を言わせたいの。何て言って欲しいの。

静かに、スケキヨの目はそう語っていた。私は黙って謝罪を込めて、その頬に触れる。

きっと、私達は次に会うとき、お互いの目の中に拒絶を見出すのが怖かったのだ。蓮沼の言った通り。そんなことがないとわかってはいても、ほんの少しでもその可能性がある限り、恐ろしくてたまらなかったのだ。

　私達は、瞬時にして互いのうちに潜むものに気付いてしまうから。自分自身の感情に気付くのより早く。それは、とても残酷で奇跡に近いくらい美しい真実だった。認めてしまえば、もう後には戻れないくらいの。

　私は毎日、岩場に座って、荒れた海を眺めるようになった。殺風景なその景色は、不思議と私の心を癒した。そうしていると、そのうち、週に二回くらいハナがその岩場に訪れるようになった。蓼原が教えたのだろう。ハナは蓮沼に刺された足を少し引きずりながら、荒野を長い時間かけて越えてきた。そして、私に更津屋や島のことを話してくれた。

　裏華町には新しい町が出来始めていた。島は相変わらず変わることなく存在し続けていくようだった。誰がいなくなろうと、何ひとつ変わることなく。

　いや、たったひとつ変化があった。

　夜更けに泣きながら目覚める子供達がでるようになったのだ。夢がこの島に現れだしたのだった。子供達の見る夢は、燃える島の夢だった。スケキヨが引き起こした火事が、人々の心に消えない恐怖を焼きつけたのだ。

　しかし、ハナは言う。スケキヨが獏を喰ったから、スケキヨは夢を操る能力を身につけたのだと。ハナは熱っぽい眼差しでスケキヨを見つめながら、そっと私に耳打ちした。その目は幼い頃の新笠を彷彿とさせた。スケキヨはハナと目が合うと、にっこりと微笑む。だが、お互い近づくことも言葉を交わすこともない。

一人になると時々、私は廓のことを思い出したりした。そのむせ返るような香りと、たゆたう灯の揺れる艶やかな見世がふと浮かんだりした。目を瞑ると、あの滑稽で卑猥な喧騒が聞こえてきそうだった。今でもまだ自分はそこにいて、ほんの束《つか》の間《ま》夢を見ているような気分になったりもした。

しかし、スケキヨの傍に行き、その無駄のない所作を見ていると、そんな想像も澄んだ空気の中に掻き消えていくのだった。廓で起きた諸々《もろもろ》の事柄も私はどんどん忘れていく。そのうち、スケキヨとの穏やかな生活は私の何もかもをすっぽりと包み込んでしまうことだろう。

私はスケキヨの澄んだ横顔を眺め、その長く成長した手足が優雅に動く様を見つめる。目が合うと、お互い微笑みながら軽く身体のどこかを触れ合わせる。まるで何かの信号を交換するように。

時折、真剣な顔をして「これだけのお金があれば」と、スケキヨは言う。「どこにだって行けるし、正規の身分証だって手に入れられる。白亜の好きに選んでくれたらい い」と。

確かに、驚くばかりのお金をスケキヨは持っていた。でも、私は静かに首を振るだけだ。スケキヨも敢えてそれ以上強要はしない。

私はもう、この生活以外何も求めるつもりはなかった。

私達は手を繋ぎ、身体に触れ、一緒に同じ部屋で眠る。

しかし、私達が関係を持つことはなかった。

ただひとつ、私がスケキヨに要求することがあった。

波の音しか聞こえない月の冴えた静かな夜に、私は傍らのスケキヨに呼びかける。

「スケキヨ」

「何」

静かにスケキヨは深い声で応える。その声は、私の頭をじんわりと痺れさせる。

「絞めて」

酔ったような甘い疼きを感じながら、私は言う。

スケキヨは私の目を覗き込む。私はその深い目の中に、微笑む自分の姿を見出す。

そんな時、私を見つめるスケキヨの表情からは何の感情も読み取れはしないが、スケキヨが私の要望を拒むことは無い。そして、そっと私を布団に寝かせると、黙ってゆっくり首に手をかける。

私は目を閉じて、身体から力を抜く。

やがて、静かで完全な闇が降りてくる。

そして私はそのぬるりとした暗闇に触れる。

その暗闇の奥底で蠢く濃い確かな影に怯える。
怯え、震え、凍りつきながら、意識だけになって、私は待っている。
スケキヨがここから引き上げてくれるのを。
まるで、深海から魚を引き上げるように。

解説

宇野亞喜良

千早茜という名前は綺麗である。シンメトリーで、シンプルだけれど典雅な情感がある。ぼくたちグラフィックデザインの世界では田中一光という先輩がいた。そのデザインは明快な構成だけれど、やはり典雅であった。先年亡くなられたけれど、この人の事を思うとき〈光〉の下の〈儿〉を〈八〉と左右対称に書く署名のカリグラフィが頭に浮かぶ。

この『魚神』という小説は、美的なゴシック・ロマンの皮膚感覚があり、それもビジュアルセンスの鋭いものだと思われる。

〝ぴりぴりとした緊張感が人々の声の中にちりばめられていた。〟

ここでは緊張感という心理的なものが〈ちりばめる〉という視覚的な言語に置き換えられていたり、

〝腐った水の臭いにひっそりと死臭が寄り添うように、死や不幸がこの島には常につきまとっていた。〟

ここでも死臭が寄り添うというようなビジュアルに変換されていたりする。眼球が卵の黄身のようにどろりと潰れるというような比喩などは、バタイユ的でシュルレアリスティックである。

更に、この島には「夏至祭」があったりして、古いヨーロッパのようでもある。「デンキ」というのは当然「電気」のことだと思われるが、それがこの島には流されてはいない。

この物語は時代も判然としない。現代のようでもあるが、少し古い時代の、日本のどこか、のようにも思える。ただ一人だけ洋服を着た男が登場するけれど、他の人たちは着物なのだろう。そうして見ると、明治か大正のようにも思えるが、意外に日本ではないのかも知れない。行間には不思議な異国がたちこめてもいるのである。

最近、突然興味がわいて、柳田国男の『遠野物語』を読み始めているのだけれど、以前にばく然と思っていた、日本のフォークロアをコレクションした昔の物語の伝承記録だというイメージが、かなり違っていた。

柳田国男の同時代人から聴きだした地方の物語メモではあるのだが、語り手たちは昔のことを話しているのではなく、つい昨日、山で出会ったエピソードを伝えているほどの感じで、少し森へ入ったり、すぐそこの山道などで巨人や異人と出会っていることが多い。ちょっと周辺からいなくなってしまった人物に出会ったりもする。それらはメビウスの輪の表裏のように出現し四次元小説風でもある。千早さんの少しばかり奇妙な味のする小説を、『遠野物語』を読んでいるとき想い出したりしたのだった。

そういえば先ほど書いた洋服の男だけれど、東映の任俠映画の登場人物の一人のような気もするし、アメリカ映画のちょっと残忍なハードボイルド探偵のような雰囲気も感じる。その他、片目をつぶされた少年とか、裏花街の肥満体の男とか、本当は優しいのかも知れない楼主人とかに囲まれて主人公の白亜と、その血がつながっているかさだかではないクールな弟スケキヨの風変わりな愛情の物語は展開する。白亜という美少女の、千早茜の描写は、鋭角的な精神をきらめくプリズムレンズを通過した意識の流れの記録のような趣で、それは厳粛な美しさで輝くばかりの光彩に充ちている。

第二十一回小説すばる新人賞受賞作
この作品は二〇〇九年一月、集英社より刊行されました。
本文デザイン／成見紀子
イラストレーション／宇野亞喜良

集英社文庫 目録(日本文学)

集英社文庫　目録（日本文学）

陳舜臣　チンギス・ハーンの一族4　斜陽万里
陳舜臣　曼陀羅の山　七福神の散歩道
塚本青史　呉越舷《げん》舷《げん》
柘植久慶　21世紀サバイバル・バイブル
辻仁成　ピアニシモ
辻仁成　旅人の木
辻仁成　函館物語
辻仁成　ガラスの天井
辻仁成　ニュートンの林檎(上)(下)
辻仁成　千年旅人
辻仁成　嫉妬の香り
辻仁成　99才まで生きたあかんぼう
辻仁成　右岸(上)(下)
辻仁成　白仏
辻仁成　日付変更線(上)(下)
辻仁成　父 Mon Père

辻原登　許されざる者(上)(下)
辻原登　東京大学で世界文学を学ぶ
辻原登　韃靼の馬(上)(下)
辻原登　冬の旅
津島佑子　ジャッカ・ドフニ　海の記憶の物語(上)(下)
辻村深月　オーダーメイド殺人クラブ
堤堯　昭和の三傑　憲法九条は「救国のトリック」だった
津原泰水　蘆屋家の崩壊
津原泰水　少年トレチア
津村記久子　ワーカーズ・ダイジェスト
津村記久子／深澤真紀　ダメをみがく　〝女子〟の呪いを解く方法
津本陽　月とよしきり
津本陽　龍馬一　青雲篇
津本陽　龍馬二　脱藩篇
津本陽　龍馬三　海軍篇
津本陽　龍馬四　薩長篇

津本陽　龍馬五　流星篇
津本陽　幕末維新傑作選　最後の武士道
津本陽　巨眼の男　西郷隆盛1〜4
津本陽　深《じん》重《じゅう》の海
津本陽　下天は夢か一〜四
津本陽　まぼろしの維新　西郷隆盛、最期の十年
手塚治虫　手塚治虫の旧約聖書物語①　天地創造
手塚治虫　手塚治虫の旧約聖書物語②　十戒
手塚治虫　手塚治虫の旧約聖書物語③　イエスの誕生
寺地はるな　大人は泣かないと思っていた
寺地はるな　水を縫う
天童荒太　あふれた愛
戸井十月　チェ・ゲバラの遥かな旅
戸井十月　ゲバラ最期の時
藤堂志津子　かそけき音の
藤堂志津子　昔の恋人

戸田奈津子　スターと私の映会話！
戸田奈津子　字幕の花園
冨森駿　宅飲み探偵のかごんま交友録
冨森駿　宅飲み探偵のかごんま交友録2
トミヤマユキコ
清田隆之　文庫版 大学1年生の歩き方
友井羊　スイーツレシピで謎解きを 推理が言えない少女と保健室の眠り姫
友井羊　放課後レシピで謎解きを うつむきがちな探偵と駆け抜ける少女の秘密
友井羊　映画化決定
伴野朗　三国志 孔明死せず
伴野朗　呉・三国志 長江燃ゆ一 孫堅の巻
伴野朗　呉・三国志 長江燃ゆ二 孫策の巻
伴野朗　呉・三国志 長江燃ゆ三 孫権の巻
伴野朗　呉・三国志 長江燃ゆ四 赤壁の巻
伴野朗　呉・三国志 長江燃ゆ五 荊州の巻
伴野朗　呉・三国志 長江燃ゆ六 巨星の巻
伴野朗　呉・三国志 長江燃ゆ七 夷陵の巻
伴野朗　呉・三国志 長江燃ゆ八 北伐の巻
伴野朗　呉・三国志 長江燃ゆ九 秋風の巻
伴野朗　呉・三国志 長江燃ゆ十 興亡の巻
ドリアン助川　線量計と奥の細道
鳥海高太朗　天草エアラインの奇跡。
酉島伝法　るん（笑）
永井するみ　ランチタイム・ブルー
永井するみ　欲しい
永井するみ　グラニテ
永井するみ　義弟
長尾徳子　僕達急行 A列車で行こう
長尾徳子
桑原裕子・原作　ひとよ
長岡弘樹　血縁
中上健次　軽蔑
中上紀　彼女のプレンカ
中川右介　江戸川乱歩と横溝正史
中川右介　手塚治虫とトキワ荘
中川右介　国家と音楽家
中川右介　アニメ大国 建国紀 1963-1973 テレビアニメを築いた先駆者たち
中澤日菜子　アイランド・ホッパー 2泊3日旅ごはん島じかん
長沢樹　上石神井さよならレボリューション
中島敦　山月記・李陵
中島京子　ココ・マッカリーナの机
中島京子　さようなら、コタツ
中島京子　ツアー1989
中島京子　桐畑家の縁談
中島京子　平成大家族
中島京子　東京観光
中島京子　かたづの！
中島京子　キッドの運命
中島たい子　漢方小説
中島たい子　そろそろくる

集英社文庫　目録（日本文学）

中島たい子　この人と結婚するかも
中島たい子　ハッピー・チョイス
中島美代子　らも　中島らもとの三十五年
中島らも　恋は底ぢから
中島らも　獏の食べのこし
中島らも　お父さんのバックドロップ
中島らも　こらっ
中島らも　西方《さいほう》冗土《じょうど》
中島らも　ぷるぷる・ぴぃぷる
中島らも　愛をひっかけるための釘
中島らも　人体模型の夜
中島らも　ガダラの豚Ⅰ～Ⅲ
中島らも　僕に踏まれた町と僕が踏まれた町
中島らも　ビジネス・ナンセンス事典
中島らも　アマニタ・パンセリナ
中島らも　水に似た感情

中島らも　中島らもの特選明るい悩み 相談室 その1
中島らも　中島らもの特選明るい悩み 相談室 その2
中島らも　中島らもの特選明るい悩み 相談室 その3
中島らも　砂をつかんで立ち上がれ
中島らも　こどもの一生
中島らも　頭の中がカユいんだ
中島らも　酒気帯び車椅子
中島らも　君はフィクション
中島らも　変!!
中島らも・小堀純　せんべろ探偵が行く
中島らも　人体模型の夜
長嶋有　ジャージの二人
中園ミホ・古林実夏　ゴースト　もういちど抱きしめたい
中谷巌　痛快！経済学
中谷巌　資本主義はなぜ自壊したのか　「日本」再生への提言
中谷航太郎　くろご

中谷航太郎　陽炎
長月天音　ただいま、お酒は出せません！
中野京子　芸術家たちの秘めた恋　―メンデルスゾーン、アンデルセンとその時代
中野京子　残酷な王と悲しみの王妃
中野京子　はじめてのルーヴル
中野京子　残酷な王と悲しみの王妃2
長野まゆみ　上海少年
長野まゆみ　鳩《はと》の栖《すみか》
長野まゆみ　若葉のころ
中原中也　汚れつちまった悲しみに……　―中原中也詩集
中場利一　シックスポケッツ・チルドレン
中場利一　岸和田少年愚連隊
中場利一　岸和田少年愚連隊　血煙り純情篇
中場利一　岸和田少年愚連隊　望郷篇
中場利一　岸和田のカオルちゃん
中場利一　岸和田少年愚連隊　外伝

集英社文庫

魚《いお》神《がみ》

2012年1月25日　第1刷
2023年11月6日　第5刷

定価はカバーに表示してあります。

著　者　千早《ちはや》　茜《あかね》

発行者　樋口尚也

発行所　株式会社　集英社
東京都千代田区一ツ橋2-5-10　〒101-8050
電話　【編集部】03-3230-6095
【読者係】03-3230-6080
【販売部】03-3230-6393(書店専用)

印　刷　TOPPAN株式会社

製　本　TOPPAN株式会社

フォーマットデザイン　アリヤマデザインストア　　マークデザイン　居山浩二

ISBN978-4-08-746786-4 C0193